培养

"读·品·悟"
小学生成长必读系列（第二辑）

小学生抗挫能力的 100个故事

总 主 编◎高长梅

本册主编◎王天恒

九州出版社 JIUZHOUPRESS　全国百佳图书出版单位

图书在版编目（CIP）数据

培养小学生抗挫能力的 100 个故事/王天恒主编.－北京：
九州出版社, 2008.11(2021.7 重印)

（"读·品·悟"小学生成长必读系列. 第 2 辑）

ISBN 978-7-80195-941-6

Ⅰ.培...　Ⅱ.王...　Ⅲ.故事—作品集—世界　Ⅳ.I14

中国版本图书馆 CIP 数据核字（2008）第 187606 号

培养小学生抗挫能力的 100 个故事

作　　者　高长梅 总主编　王天恒 本册主编
出版发行　九州出版社
地　　址　北京市西城区阜外大街甲 35 号（100037）
发行电话　(010)68992190/2/3/5/6
网　　址　www.jiuzhoupress.com
电子信箱　jiuzhou@jiuzhoupress.com
印　　刷　北京一鑫印务有限责任公司
开　　本　720 毫米×980 毫米　16 开
印　　张　10
字　　数　112 千字
版　　次　2009 年 1 月第 1 版
印　　次　2021 年 7 月第 3 次印刷
书　　号　ISBN 978-7-80195-941-6
定　　价　29.80 元

目录 Mu Lu

第**1**辑

给生活一张漂亮的脸

有一个心理学家做了一个心理测验,他在一张白纸上滴一点墨水,把纸对折,压一压,再打开,问人们觉得像什么。同一个"墨痕",有人说像蝴蝶,有人讲像盾牌,有人说像骷髅。心理学家说:"这叫'墨痕测验',常能由你的感觉,探索出你的心灵。同一个'墨痕',你的心里很美,它可能是花;你的心里有魔鬼,它就可能是魔鬼!"

生活就是这样:你用笑脸对它,它就还给你一张恒久温暖的笑脸;你用哭脸对它,它就会把这副哭脸毫不客气地贴回到你脸上。

给生活一张漂亮的脸 >>002　　我失去了听觉 >>004

每天都有彩虹 >>007　　当我敲门时,上帝不在家 >>009

老鼠也可以成为主角 >>012　　没有不受伤的船 >>015

一个"傻子"能做什么 >>017

不只有你从贫穷中长大 >>019

不幸还有另一个名字 >>023　　我的双手还在 >>025

"不幸"的成功 >>026　　把挫折踩在脚下 >>028

勇敢地面对挫折 >>030

第2辑 人生不可能被注定

一个老师问学生："在金矿里，看到最多的是什么？""金子。"学生答。"不对。"老师说，"是矿渣。"天下的金子，不是一挖出来就是金子，而是要淘尽千千万的矿渣才成为金子的。

同样，天下的人才，不是一生下来就注定是人才，而是要"淘"尽无数的缺点、瑕疵、失败、坎坷和挫折，不断地锻炼自己，最终才能成为人才。

没伞的孩子，必须努力奔跑 >>034

向星星借光的女孩 >>037

为自己撑一把雨伞 >>040

人生不可能被注定 >>041　　地不亏人 >>043

"瞎"折腾 >>045　　格德山庄梦想 >>047

左手实现了右手的梦想 >>050　　登上山顶 >>052

你是我心目中的英雄 >>054

永远不能放弃 >>056　　哈得孙河畔的椅子 >>059

卖过爆米花的总统 >>061　　化蛹为蝶 >>064

寻找疼痛的感觉 >>066

第3辑 把痛苦当做一种营养

一只河蚌说："我的身体里面有一粒很大的沙子，我好痛苦。"另外那些河蚌听了都骄傲地说："感谢上天，我们身体里面毫无痛苦，我们里里外外都很健全！"此时，一只螃蟹恰巧从旁边经过，听了它们刚才的谈话，便对那些骄傲的河蚌说："是的，你们是快乐的，然而，你们知道吗？

它体内承受的痛苦，未来将会孕育出一颗异常宝贵的珍珠啊！"

把痛苦当成一种营养，人生也能孕育出光芒四射的珍珠。

苦难是财富还是屈辱 >>070

当人生进入黑夜 >>071　　经验教训缺一不可 >>073

因为缺憾，所以美丽 >>075

"伤害"也是成长的机会 >>076

困境即是赐予 >>078　　优雅的科学独行者 >>080

接受打击 >>082　　受伤的苹果树 >>084

用伤疤做勋章 >>086　　值得恭贺的痛苦 >>088

把痛苦当做一种营养 >>090

太阳每天都从我的窗前升起

第**4**辑

一次，爱迪生的实验室发生大火。眼看着所有的研究成果即将变成灰烬，爱迪生的儿子焦急地四处找寻父亲，却发现爱迪生竟然也挤在人群中平静地观看大火，好像身旁无关的群众一样。第二天，爱迪生面对化为灰烬地实验室说："感谢上帝，一把火烧掉了所有的错误，我又可以重新开始了。"67岁的爱迪生忘记了大火，重建了实验室，三个月后，发明了第一台留声机。

人总是容易活在过去的阴影中，而忘了眼前的阳光，忘了太阳每天都从我们的窗前升起。

无发日 >>094　　丽莎的经历 >>096

生活并没有你想象得那么糟 >>099

太阳每天都从我的窗前升起 >>101

人人都有会飞的翅膀 >>103

妈妈的黄瓜头儿 >>106　　把失败写在成功的背面 >>108

天使的叩门声 >>110　　将挫折写在沙滩上 >>113

没有眼睛照样可以飞翔 >>115　　20 分钟 >>117

第5辑

用微笑把痛苦埋葬

德国科学家奥图和他的兄弟在研究滑翔机的时候，生活非常艰苦，一天维持一顿饭都困难。女房东看着这对消瘦的兄弟说："你们是怎么回事？花钱买些没用的东西，连饭都吃不饱，像流浪汉似的！"奥图兄弟笑着说："噢，太太！你怎么糊涂起来了，我们是故意勒紧裤带的，要知道，雁一肥，就飞不动了。"

其实，每个人都会遇到挫折，但是微笑的人善于把挫折化为心灵的灯盏，照耀前进的路，把生命的绊脚石转变为人生的垫脚石。

请你记得歌唱 >>120　　那些绚烂的花儿 >>122

南美有条"会唱歌"的河 >>125

贫穷也是可以快乐的 >>127　　微笑的桑兰 >>129

借你一个微笑 >>131　　孩子是大师 >>134

你看起来不像贫困生 >>136　　手捧阳光的男孩 >>139

风雪路上的歌声 >>142　　乐观的价值 >>144

胜利的手势 >>146　　最好的热身 >>148

第 1 辑

给生活一张漂亮的脸

有一个心理学家做了一个心理测验，
他在一张白纸上滴一点墨水，
把纸对折，压一压，再打开，问人们觉得像什么。
同一个"墨痕"，有人说像蝴蝶，有人讲像盾牌，有人说像骷髅。
心理学家说："这叫'墨痕测验'，常能由你的感觉，
探索出你的心灵。
同一个'墨痕'，你的心里很美，
它可能是花;你的心里有魔鬼，它就可能是魔鬼!"
生活就是这样:你用笑脸对它，
它就还给你一张恒久温暖的笑脸;
你用哭脸对它，
它就会把这副哭脸毫不客气地贴回到你脸上。

给生活一张漂亮的脸

就算再艰难,为了自己的美丽人生,还是要一边痛着,一边笑着,还给生活一张漂亮的脸。

她们是我的亲人。

第一个女人天生丽质。据说小时候她曾被抱上戏台,扮秦香莲的女儿。待化上妆,个个啧啧称叹:"这丫头,长大准是个美人!"果然,她越大越漂亮,柳叶眉杏核眼,樱桃小口一点点。可惜父母早丧,哥嫂做主把她嫁给一个老实巴交的农民。她自叹命苦,常常蓬头坐在炕上,骂天骂地,骂猪骂鸡,骂丈夫儿女。

一切都让她心灰意懒,她的最大爱好就是算命。我还记得她一边拉着风箱生火做饭,一边把两根竹筷圆头相对,一端抵在风箱板上,一端用三个指头捏定,嘴里念念有词。眼看着筷子朝上拱,或者朝下弯,"啪"地折断,吓我一跳。问她在干什么,她说算算什么时候咱们才能过上好光景,穿新衣,吃好饭……

所以她的心情基本有两种,不是发怒就是发愁,发怒的时候两只眼睛使劲往大睁,发愁的时候两个大疙瘩攒在眉心。

第二个女人和第一个正相反,年轻时绝不能说漂亮。黑黑的皮肤,瘦骨嶙峋,看不出一点美丽。她当时家境贫困,父亲卧病,她是长女,早早就挑起生活的重担,饱受辛苦和磨难。

后来她也嫁给了一个农民,穷得叮当响,连栖身之处也没有,无奈借住在娘家,东挪西借盖起几间遮风挡雨的房子。结果没住满3年,顶棚和墙壁还白得耀眼,弟媳妇前脚娶进来,后脚就把他们踢出门。

两口子只能再次筹钱盖房。旧债未还,新债又添,不得不咬着牙打拼。丈夫在外边跑供销,四季不着家,家里十几亩农田不舍得扔,女人就在当民办教师之余,一个人锄草浇地,割麦扬场,给棉花修尖打杈。7月,烈焰一般的太阳烘烤大地,她放了学就往田里赶,一头扎进去。两个孩子,一个7岁,一个5岁——负责做饭。时间到了,女人回家草草吃一碗没油没盐的饭,接着往学校赶。

终于又盖起一处体体面面的新房,大房间,大玻璃窗。儿子心有余悸地问:"妈,人家会不会再把咱们赶出来?"她眼一瞪:"敢!这是咱家的地盘!"没想到人算不如天算,新房子压住了规划线,立时三刻又要拆迁。她哭都没力气了,一个字:拆!往后倒退3米,一咬牙:再盖!

拆拆盖盖中,转眼十几年。这样苦,这样难,也不怨天尤人,她最爱说的一句话是:"哭也是一天,笑也是一天,为什么不高高兴兴过日子呢?"如今她一家都搬离了农村,进了城。她也老了,反而比年轻时更好看。

这两个女人,一个是我母亲,一个是我婆婆。

当有一天她们亲亲密密坐在一起,才发现岁月分别给予了她们什么:我婆婆是一张笑脸,我母亲是一张哭脸。母亲的一生虽然风平浪静,但是总不满意,不快乐,一张脸苍老疲惫,皱纹纵横交错。婆婆的一生跌宕起伏,但因凡事都乐观,宽大的心胸让她越老越添风韵,成了一个魅力十足的漂亮老人。

从这两张脸上，我见识了什么是时间的刀光剑影，也明白了什么叫真正的"相由心生"。

　　生活就是这样一种东西：你用笑脸对它，它就还给你一张恒久温暖的笑脸；你用哭脸对它，它就会把这副哭脸毫不客气地贴回到你脸上。对一个女人而言，把美丽留在脸上是一项艰巨的工程。多少人热衷于护肤和美容，却忽略了心灵的力量。

　　所以，就算再艰难，为了自己的美丽人生，还是要一边痛着，一边笑着，还给生活一张漂亮的脸。

❋ 闫荣霞

🌹抗挫小语🌹

　　人生难免会遇到挫折和困难，可不论如何不满意，现实就是现实，生活不是选择题，我们仍要不断地奋斗，未来的决定权还是在我们自己的手里。为此，给生活一张笑脸吧！　　（张　琼）

我失去了听觉

因为失去一根手指而放弃整只手，不是太可惜了吗？

　　因为一次意外事故，我失聪了，一下子从热闹繁华的世界坠入无边的静寂,父母、朋友小心翼翼的对待只让我更加觉得自己已经是个废人,但生性要强的我从来不在他们面前表露,而是封闭自己,一个人躲在房间里。我不需要任何人,我只想一个人独处。

这天,吃完早饭我就立刻躲回房间里,把身体缩成一团。没有一丝声音的世界令我害怕,我看不到自己的未来,我已经完了。突然,我感觉到一只手轻轻拍抚我的肩膀,我立刻抬头,眼前是一个美丽的女孩儿,正一脸关切地看着我。此刻,我所能感觉到的情绪只有愤怒,仿佛自己赤裸裸地被暴露在她面前。我的房间没有门锁,这是我与父母的约定,但相应的,他们只允许在固定的时间走进我的房间。其他时候,他们会在门外按铃,我可以看到彩灯闪烁,然后去开门,邀请父母进来。而今天,这个陌生人,竟然就这样闯进我的房间,看到了我害怕、无助的样子。

在我愤怒的注视下,那女孩儿有些不知所措,她拿起写字板,在上面写:"我叫爱丽丝。非常抱歉,我按了很久的铃,但是你没有开门,我以为……"

我是聋子,当然听不见你的"铃声",想到这里我更加愤怒,不等她说下去,就要把她赶出门外。刚起身,我看到父母正站在房间门口,脸上都写满哀伤和震惊。我垂下扬起的手,对于我失聪这件事,世上跟我同样伤心的人,就是我的父母。我邀请爱丽丝坐下,我知道,她是聋哑学校的,来说服我去学手语,跟以前来的人一样。我勉强向父母挤出一个笑容,看着他们转身关上房门,把空间留给我和爱丽丝。

我静静地坐着,一言不发,等着爱丽丝开始那千篇一律的说教。我把自己的敌意表露无遗,但爱丽丝仿佛没有任何感觉。她向我微笑,然后在写字板上写着:"我可以叫你梅恩吗?"

我犹豫了一下，点点头。

"梅恩，"她继续写道，"你知道，我们每只手都有五根手指。"写完，她举起左手，并示意我也举起来，虽然有些莫名其妙，但我照做了。

"一、二、三、四、五。这些手指头代表着人的五种感觉。"她写道，还用她右手的大拇指和食指顺次捏着每根手指。"这个手指表示视觉，这根手指表示触觉，这根手指表示嗅觉，这个手指表示味觉。"每写到一根手指，她就大幅度地摇摆那根手指向我示意。然后她犹豫了一下，又继续写道："这个手指表示听觉。这五种感觉中的每一种都能把信息传送到你的大脑。"

接着，爱丽丝把那表示听觉的手指弯曲起来，按住，使它处在手心里，看向我。我也照做。爱丽丝用四根手指拿起旁边的字典，并递给我。在她的示意下，我也用四根手指接过。

"梅恩，希望你能记住刚才的事。你能用四根而不用五根手指接住那么厚的字典。现在你仅仅有四种感觉，是的，刚开始不如有五根手指那样好，但是如果你从这里入门，并不断地努力，你也能用四种感觉代替五种感觉，抓住丰富而幸福的生活。因为失去一根手指而放弃整只手，不是太可惜了吗？"爱丽丝写道。

"好，我答应去学手语。"我终于拿起笔，在写字板上写道，"谢谢你。不过我想知道，身为一个正常人的你怎么会想到去聋哑学校工作，还能讲出这样一番道理？"

"真为你的决定高兴，相信你的父母知道后也会非常高兴的。他们非常爱你。"爱丽丝写道，"至于我，从出生起就没有听到过任何声音，我是先天失聪的。这个道理是六岁时，我妈妈告诉我的。"

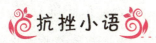

抗挫小语

失去并不意味着一无所有，相反它会使我们更懂得珍惜现在所拥有的，懂得尽力去争取将来可能拥有的。人生路上，我们都有可能失去某些十分珍贵的东西，但是，请相信，上帝在关上一扇门的同时又会为我们开启另一扇通往幸福的大门。我们要做的只是上前去——推开它！

(张　琼)

每天都有彩虹

每一天都有彩虹，只要我们能透过被泪水洗涤过的眼睛和心灵去感知……

一个年轻人每天经过一条街道上班时，都能看到一位满头白发的老人。老人坐在一个非常破旧的屋檐下，脸上绽满了满足和幸福的笑意。年轻人很不解，那个老人的衣着很一般，脸上也没有好生活滋养出来的油色光泽，一点也不像富贵家庭养尊处优的老人，而且那么老，一眼望去便能知道他的过去已饱受过沧桑。为什么这样的老人却有那么满足和幸福的神态呢？

有一天，心情郁闷的年轻人经过那个老人时禁不住停下了自己的脚步。他在老人身边蹲下来，小心翼翼地问老人说："老人家，您有一份退休金吗？"年轻人想，看上去这么满足的人，肯定会有一份不菲的退休金。但老人笑笑说："退休金？我没有。"年轻人想想，又俯在老人耳边说："那您肯定有一笔丰厚的积蓄了？"

"积蓄？"老人听了，又笑着摇头说："我也没有。"

年轻人想了想又问老人说："那么您的子女一定生活得很不错，有自己的公司，或者身居要职吧？"

老人一听，又摇摇头说："他们什么也没有，都不过是平常的工人，靠劳动挣工资，靠工资养家糊口而已。"年轻人一听，就更加不解了，他问老人说："我每天从这里经过看见您，见您都是很幸福、很满足的样子，老人家，您能告诉我这是为什么吗？"

老人说："我每天都在看天上的彩虹呀。"每一天？年轻人更疑惑了，彩虹一年也就那么三两次，怎么会每一天都有呢，见年轻人不解，老人笑笑说："我这一辈子，讨过饭，逃过荒，背井离乡十几年，曾经好多次死里逃生过，唉，真是没有少受过难，少吃过苦，人生的酸甜苦辣，老头儿我都尝遍了，人生的辛酸泪水，我也流尽了。"老人又笑笑说："可如今呢，我居有屋，食有粥，几个儿女虽说不才，却也每人都有一份自己的工作，都有一份自己的薪酬，小伙子，你说我能不感到满足和幸福吗？我能不每一天都看到彩虹吗？"

老人顿了顿，又感叹说："其实哪一天没有彩虹呢，只是没留过泪的眼睛看不见，只要流过泪，每一天都是能看到彩虹的。"

年轻人一听，心顿时一颤，是啊，哪一天没有彩虹呢？路上陌生人的一个微笑，朋友电话里的一个轻轻问候，同事们的一次紧紧的握手，回到家里，妻子的一声轻轻嗔怪，儿女一次依依的亲昵，出门时，父母一句浅浅的叮嘱……

哪一天没有彩虹呢？只是没流过泪水的眼睛和心灵不能轻易地看到。

每一天都有彩虹，只要我们能透过被泪水洗涤过的眼睛和心灵去感知……

 抗挫小语

生活中并不缺少美，而是缺少发现美的眼睛。当细细感受时，我们会发现，原来美好就在我们身边。也许你会因学习或生活中的压力而抱怨，也许你会因自己的不得志而对生活失去信心。但是，朋友，请放慢你的脚步，细心品味生活吧！　　（张　琼）

当我敲门时，上帝不在家

面对命运的苦难，我们无从选择，只能迎难而上，不可轻言放弃。

在师大附中读高一的那个暑假，我在舞蹈班里报名学古典舞。据说有两个任课老师，一个教基本功，一个教组合，都是从舞蹈学院请来的优秀毕业生，教完这个暑假她们就要出国深造了。

第一节课开始前，我们一个班30个人，换好衣服站在了舞蹈教室的大镜子前，兴奋和紧张写了满脸，我们一边窃窃私语，一边等候着老师的到来。

这时，玻璃门闪了一下，班主任谭老师进来了，她含着笑说："请允许我介绍一下你们的老师——陈老师，两个陈老师！"顺着她的目光望去，只见从右侧的小门里走进来两个大姐姐。天哪，原来是一对双胞胎！都穿着黑色的练功服、白色舞蹈鞋，浓黑的长发盘得高高的，用浅绿色的发带束了起来。她们手挽着手，微笑着一起向我们走来，姿态婷婷袅袅，美丽无比。她们顶多20岁出头，窈窕的曲线，清秀的模样，最重要的是，她们都有一双像混血儿那样漂亮的大眼睛。她们环视一圈，带着谦逊的微笑，跟我们打招呼。

"我叫陈蕴欢，这是我的妹妹陈蕴乐，你们可以叫我们大陈老师和小陈老师，也可以叫我们大陈姐姐和小陈姐姐。"

大家都笑了，和她们对视的感觉真好，如坐春风。

"上课前先做一组芭蕾舞的手拉练习，然后开始准备活动……"

大陈老师仔细讲解着动作的要领。她的肢体轻盈舒展，像打开双翅的仙鹤。我们练习时，她认真地纠正着，"右手低一点，腰直起来，双脚小八字步打开……"

半个小时后，小陈老师说："好了，下面我们上把杆，先请同学们看我的示范动作。"然后，她扭头小声说，"谭老师，麻烦你，把杆在哪儿？"

话音刚落，所有的目光刷地望向她，我们惊呆了！

谭老师连忙走过去，扶着小陈老师的手，说："向后转，往前走五步，好，到了！"小陈老师用手丈量着把杆和墙面镜子的距离，点点头说："谢谢你！"

教室里顿时鸦雀无声，我的脑海中一片空白，难道……这么漂亮的小陈老师，难道她是……我不敢再往下想。然后只见大陈老师也向后转，照着谭老师所说的五步走过去，到第五步时，下意识地伸出手去。

天哪！原来这是一对双目失明的姐妹花。我实在无法想象，她们是以怎样的毅力和勇气，付出了多少艰辛和汗水才成为了舞蹈界的新星乃至奇迹。

毫无疑问，这是我上得最认真的一堂课，她们的一举一动时时刻刻牵引着我的视线，牵扯着我的心弦。

课间休息时，她们安安静静地坐在木地板上。我倒了两杯茶，放在她们手里，她们一如既往地微笑着说："谢谢你！"我竟有些哽咽了，忍不住说："老师，我真的没有想到……上帝对你们太不公平了。"

片刻，小陈老师说了句让我终生难忘的话："当你敲门时，上帝不在家，你是埋怨、懊悔、无休止地哀叹可怜的命运，还是继续敲、继续等，用尽所有的努力直到打动它？前者让你付出了撕心裂肺的代价，后者让你在付出撕心裂肺的代价的同时，也赢得了刻骨铭心的收获。也许，这就是人生。"

❀ 沙　然

❀抗挫小语❀

不是每个人都那么幸运，我们的人生中总会出现或大或小的挫折，但是，对挫折不同的态度往往决定我们的人生成功与否。埋怨或是哀叹，只会给我们增添伤感；面对命运的苦难，我们无从选择，只能迎难而上，不可轻言放弃，用自己的奋斗来赢取成功，用自己完美的舞步来收获刻骨铭心的人生。　　（张　琼）

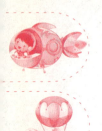

老鼠也可以成为主角

如果你用演主角的态度去演一只老鼠，老鼠也会成为主角。

    这是伦敦街头的一角，正是隆冬时节，一个男孩子在寒风中等待着机遇的降临，他从小酷爱舞台，曾经梦想有一天能够饰演一个主角。为此，他不停地观看露天播放的电影，模仿演员们的一举一动，甚至能够熟记几部经典影片的关键对白。但苍天似乎在捉弄人，他从小家境贫寒，少年时父母离异，几年后，带他的母亲也与世长辞，这一切似乎阻止了他梦想的延续，但他的梦想却始终未曾破灭。

    他曾经很长时间徘徊于伦敦大剧院的街道前，神秘的大剧院，藏着他渴望多年的理想，他见过一个大导演，曾经毛遂自荐地将自己推销给人家，但人家不予理睬。

    那天傍晚时分，恰巧有个送盒饭的人，想将一大堆盒饭送到剧院里面，小男孩见状急忙上前帮忙，尾随着送饭的，拐弯抹角地进了舞台里面，那天碰巧有个配音演员嗓子出了问题，导演急得风风火火的，他急需找一位能为老鼠配音的演员来救场，他们四下里打电话到邻近的剧院借人，但结果却很不好，他们一脸失望的样子。

　　小男孩突然计上心头，他当着导演的面学了声老鼠的叫唤，声音惟妙惟肖。导演的眼前猛地一亮，继而，他如抓住救星一样地拉住小男孩的手，拿出剧本给他看。剧本要求模仿老鼠不同的声音，小男孩试着学了，效果非常好，凭着以前的揣摩和良好的功底，他很快就征服了导演和主角的心，他们很快达成一致，由他参加今晚的演出。

　　其实，他的角色是最不起眼的一个了，他只需要穿上老鼠模样的服装，装模作样地卧在旁边，迎合着主角的表演。但毕竟是平生的第一场演出，他认真得不得了，其他演员都在休息，他却找个没人的角落不停地研究着。许多人从他身边经过，他们用一种瞧不起的目光打量着他，不就是个小老鼠吗？需要这么认真吗？

　　演出开始了，导演为他捏了把汗，生怕他砸了场，上场前，导演猛地踹了他的屁股一下，提醒他要振作一点，一定要演成功，他摇了摇鼠尾巴，以显示自己成竹在胸。

　　表演开始了，"父亲"和一家人在院子里讲故事，"父亲"开始讲圣诞节的故事：圣诞节的前夜，四周静得出奇，突然间，我听到了一只老鼠的声音。

　　鼠叫声响起来了，显然是一只老鼠在悄悄叙述着一个不为人知的故事，"父亲"继续讲道：果然是老鼠的叫声，它为我们的圣诞夜带来了烦恼。所以，我们决定离开这个是非之地，但突然间……

　　又一只老鼠的叫声传来，和原来的那只有着很大的区别，没有一丝一毫的相似，导演简直不相信这两个声音出自同一人之口。小男孩趴在地上，嘴里不停地学着各种各样的鼠叫，渐渐地，他的声音征服了在场的所有人，几乎所有的目光都转移到他的身上。等到最后，他同时模仿两只老鼠打架的声音，简直像是一种天籁之音，舞台下掌声雷动，他们纷纷将鲜花抛给这只可爱的小老鼠。

表演结束时，照例，所有的演员到舞台上谢幕。一群天真可爱的小孩子包围了他，嚷着要他签名，这个名不见经传的小男孩的故事很快传遍了千家万户，他的新闻也登在了第二天报纸的头版。

那晚，虽然他没有一句台词，却用另外一种方式征服了在场的所有人，他抢了整场戏的风头，简直成了整出戏的主角和最大的亮点。后来，他说的一句话让所有人难忘：如果你用演主角的态度去演一只老鼠，老鼠也会成为主角。

这个年轻人，就是现在英国当红的明星奥兰多·布鲁姆，他因在《魔戒》中的出色表现而一举成名。

许多时候，命运赐予我们的只是一个小小的角色，与其怨天尤人，倒不如全力以赴。其实，再小的角色也可以成为主角，哪怕你一句台词也没有。

❋ 古保祥

🌹 抗挫小语 🌹

多么精彩的一句话：再小的角色也可以成为主角！在每个人的人生舞台上，你都是自己的主角，只要你倾心去表演，把最美的一面勇敢地展示出来，在社会这个大舞台上，你出色的演技终会获得大家的认可！

（张　琼）

没有不受伤的船

每一艘船都经历风雨后才能到达彼岸,如同每一个人都要经历苦难才能到达幸福。

在有着悠久造船历史的西班牙港口城市巴塞罗那,有一家有 1000 多年历史的造船厂。这个造船厂从建厂的那一天开始,所有从造船厂出去的船舶都要造一个小模型留在厂里,并把这只船出厂后的命运刻在模型上。现在,在造船厂宏伟的陈列馆里,陈列着将近 10 万只船舶的模型。

所有走进这个陈列馆的人都会被那些模型所震慑,不是因为船舶模型造型的精致和千姿百态,不是因为感叹造船厂悠久的历史和对于西班牙航海业的卓越贡献,而是震撼于每一个船舶模型上面雕刻的文字!

有一只名字叫"西班牙公主"号的船舶模型上的文字是这样的:本船共计航海 50 年,其中 11 次遭遇冰川,6 次遭海盗抢掠,9 次与另外的船舶相撞,21 次发生故障抛锚搁浅。

每一个模型上都是这样的文字,详细记录着该船经历的风风雨雨。在陈列馆最里面的一面墙上,是对上千年来造船厂所有出厂的船舶的概述:造船厂出厂的近 10 万只船舶当中,有 6000 只在大海中沉没,有 9000 只因为受伤严重不能再进行修复航行，有 6 万只船舶都遭遇过 20 次以上的大灾难，没有一只船从下海那一天开始没有过受伤的经历……

现在，这个造船厂的模型陈列馆已经成为西班牙最负盛名的旅游景点，成为西班牙人教育后代获取精神力量的象征。

我们的人生，就像大海里的船舶，只要不停止航行，就会遭遇风险。没有风平浪静的海洋，没有不受伤的船。但如果因为遭遇了磨难而怨天尤人，如果因为遭受了挫折而自暴自弃，如果因为面临逆境而放弃追求，如果因为受了伤害就一蹶不振，那就大错特错了。因为，船受伤的结果是到达彼岸，人生遭遇磨难的结果是获得真知与幸福。

❀ 鲁先圣

🌹 抗挫小语 🌹

每一艘船都经历风雨后才能到达彼岸，如同每一个人都要经历苦难才能迎来幸福。失望和挫折就像幸福和美好一样，是我们的生活中不可或缺的一部分，正所谓"天将降大任于斯人也，必先苦其心志，劳其筋骨"。但不管多么艰辛，我们都要坚信：一切风雨都会过去，只要向前，就会到达彼岸。 （张 琼）

一个"傻子"能做什么

永远不要看低自己，因为，哪怕是一个"傻子"，也总有一样比别人强。

他16岁那年，升入了高中二年级，他虽然更加刻苦努力地学习着，但因为智商偏低，他的成绩和同学们越拉越大。校方婉转地示意他退学。那是一个连太阳都暗淡的日子，他辍学了。因为没有文凭，又没有经验，一直没有什么地方肯用他这个"傻子"。父母开始无奈地叹息起来。他开始觉得自己是父母的一个累赘，陷入了痛苦的深渊中。

这天，他来到家附近的一个公园，坐在一个角落，凄凉地想着心事。不知道过了多久，一位老人走过来和他搭话，他注意到老人装着一条假腿，少了一只胳膊，并且瞎了一只眼睛，一种同病相怜的感觉让他将自己的所有痛苦愁绪都说给了对方，他问老人："我什么都做不了，我是一个傻子，一个累赘，我该怎么办？"老人看了看他，笑了，没有说什么，开始吹起了口哨。随着老人的口哨声，他注意到，开始不断有鸟儿飞来，落在他和老人附近的树上，欢快地鸣叫着……良久，老人停了下来，对他说道："每个人都有一样是别人比不了的，你也有。"

他记住了老人的话，他激励着自己："我一定有一样是比别人强的。"

大约半年后,他终于得到了一份替人整建园圃、修剪花草的活儿。虽然这是一个忙碌劳累的工作,但他异常珍惜这个机会,因为他发现,他是那样喜欢和花草交谈。他非常勤勉用心地做着。不久,人们发现,凡经他修剪的花草都十分繁茂美丽。他也开始经常替人出主意,帮助人们把门前那点有限的空隙因地制宜地精心装点,经他布设的花圃无不令人赏心悦目。

一天,他路过市政府,注意到有一块污泥浊水、满是垃圾的场地,他觉得和周围的美丽非常不和谐,便主动向有关部门申请要免费整治这块空地。当天下午,他拿了几样工具,带上种子、肥料来到目的地。一位热心的朋友给他送来一些树苗,一些相熟的顾主请他到自己的花圃剪用花枝,一家家具厂表示愿意免费承做公园里的条椅……不久,这块泥泞的污秽场地就变成了一个美丽的公园:绿茸茸的草坪,曲幽幽的小径,人们在条椅上坐下来还能听到鸟儿在唱歌……

一年一年,时光流逝着,他一直没有学会外语,微积分对他更是个未知数,但他对色彩和园艺却异常敏感,他不断地为人们设计着花圃园林,他工作到哪里,就把美带到哪里,他的名字也开始蜚声世界,他就是加拿大风景园艺家琼尼·马汶。

永远不要看低自己,因为,哪怕是一个"傻子",也总有一样比别人强。

澜涛

抗挫小语

"天生我材必有用",每一个人都不应该妄自菲薄,每一个人都有属于自己的天赋,你或许不擅长表达,你或许不擅长数学,可是你也许可以画出美丽的图画。只要你去寻找,就可以找到你的那种天赋,就可以和其他人一样展现出自己的美丽,打造自己的天空!

(张 琼)

不只有你从贫穷中长大

妈妈用她的行动在告诉我,怎样面对自己所处的逆境,并勇于挑战,而且永不放弃。

那是一个春天的下午,在高中的自然课上,每个学生都被要求熟练地解剖一只青蛙,以证明自己掌握了解剖学这门课程。我们按照姓名的顺序依次走上讲台,今天轮到我了,我早早就做好了准备。

我穿着我最喜欢的一件格子衬衫——我认为这件衣服让我显得很精神,别人也都说这件衣服很衬我。对于今天的试验,我事前已经练习了很多次,我充满信心地走上讲台,微笑着面对我的同学,抓起解剖刀准备动手。

这时，一个声音从教室的后面传来，"好棒的衬衣！"

我努力当它是耳边风，可是这时又一个声音在教室的后面响起，"那件衬衣是我爸爸的，他妈妈是我家的佣人，她从给救济站的口袋里拿走了那件衬衣。"

我的心沉了下去，无法言语。那可能只有一分钟的时间，但对于我却像是数十分钟之久，我尴尬地站在那里，脑中一片空白，所有的目光都聚焦在我的衬衣上。我曾经凭自己出色的口才竞选上了学生会的副主席，但那一刻，我生平第一次站在众人面前哑口无言，我把头转到一边，然后听到一些人不怀好意地大笑起来。

我的生物老师要我开始解剖，我沉默地站在那里，他再一次重复，我仍然一动不动。过了一会儿，他说："弗兰克林，你可以回去坐下了，你的分数是D。"

我不知道哪一个更令我羞辱，是得到低分还是被人揭了老底。回家以后，我把衬衣塞进衣柜的最底层，妈妈发现了，又把它挂到了前面的显眼处。我又把它放到中间，但妈妈再一次把它移到前面。

一个多星期过去了，妈妈问我为什么不再穿那件衬衣了，我回答："我不再喜欢它了。"

但她仍继续追问，我不想伤害她，却不得不告诉她真相。我给她讲了那天在班里发生的事。

妈妈沉默地坐下来，眼泪无声息地滑落。然后她给她的雇主打电话："我不能再为你家工作了。"并要求对方为那天在学校发生的事道歉。在那天接下来的时间里，妈妈一直保持着沉默。在我的弟妹们去睡觉后，我偷偷站在妈妈的卧室外，想听听事情的进展。

含着泪水，妈妈把她所受到的羞辱告诉父亲，她是怎样辞去了工作,她是怎样地为我感到难受。她说她不能再做清洁工作了,生活应该有更重要的事情去做。

"那么你想做什么?"爸爸问。

"我想作一个教师。"她用斩钉截铁的口气说。

"但是你没有读过大学。"

她用充满信心的口气说:"对,这就是我要去做的,而且我一定会做到的。"

第二天早晨,她去找到教育部门的人事主管,他对她的兴趣表示欣赏,但没有相应的学位,她是无法教书的。那个晚上,妈妈,一个有7个孩子的母亲、一个从高中毕业就远离校园的中年女人,和我们分享她要去上大学的新计划。

此后,妈妈每天要抽9个小时的时间学习,她在晚餐桌上展开书本,和我们一起做功课。

第一学期结束后,她立即来到人事主管那里,请求得到一个教师职位。但她再一次被告知,"要有相应的教育学位,否则就不行。"

第二学期,妈妈再次去找人事主管。

他说:"你是认真的,是吧?我想我可以给你一个教师助理的位置。但是你要教的是那些内心极度叛逆、学习缓慢、因为种种原因而缺乏学习机会的孩子们,你可能会遇到很多挫折,很多老师都感到相当困难。"

妈妈为得到这个职位而欢呼雀跃。

每天一大早,她帮我们做好去学校的准备,然后赶去工作,下班后回家做晚饭,闲暇时还要坚持学习。这对于她不是一件轻松的事,但却是她想做的,也是她所热爱的。妈妈在将近5年的时间里,都是一个特殊教育中心的教师助理,而这一切,都源于那天我在教室里受到的轻率的评论。

妈妈用她的行动在告诉我，怎样面对自己所处的逆境，并勇于挑战，而且永不放弃。

对我而言，那天我收好课本离开教室时，我的生物老师对我说："我知道，这对你来说是艰难的一天，但是，我会给你第二次机会，明天来完成这个任务。"

次日，我在课堂上解剖了青蛙，他改了我的分数，从 D 变成 B。我想要 A，但他说："你应该在第一次就做到，这对其他人不公平。"

当我收起书走向门口时，他说："你认为只有你不得不穿别人穿过的衣服，是吗？你认为只有你是从贫穷中长大的人，是吗？"

我用肯定的语气对他说："是！"

我的老师用手臂环绕着我，接着给我讲述了他曾经在绝望中成长的故事。在毕业的那一天，他被别人所嘲笑，因为他没钱买一顶像样的帽子和一件体面的礼服。他对我说，那时，他每天都穿同样的衣服和裤子到学校。

他说："我了解你的感受，那时我的心情就和你一样。但是你知道吗？孩子，我相信你，我认为你是出众的，我的内心感觉得到。"

我再次无语。我们两个极力忍住眼泪，但是我能感到他的爱——一个白人教师对一个年轻黑人学生的爱。

我竞选上了学生会的主席，我的生物老师成为我的指导顾问。在我召开会议的时候，我总是寻找他的身影，而他会对我竖起大拇指——这是一个只有他和我分享的秘密。

在那天我认识到，我们都是一样的——虽然我们有不同的肤色，不同的背景，但是我们的许多经验是一样的，我们都希望快乐，都希望追求生活中更美好的事情。

[美]格雷戈·弗兰克林　汪建军/译

抗挫小语

　　这个世界上，每个人都有着不同的成长轨迹。家境就好像人生赛道上的起跑线，有的位于跑道内侧；有的位于跑道外侧，无论你是哪一侧，人生的赛道都是一样的长，要赢得比赛，你就应该奋力地向前冲！

（张　琼）

不幸还有另一个名字

　　谁能想得到，曾经最不幸的邮箱，一转身竟成了世界上最幸运的邮箱。

　　1984 年的一天，美国芝加哥市区的一个邮箱突然遭遇飞来横祸，那是一块从天而降的石头，砸扁了这个可怜的家伙。后来经过调查，人们才知道，这块石头是一块天外陨石。

　　事发第二天，当地媒体就报道了邮箱被陨石砸扁的消息。本来，陨石能穿越大气层、落到地球上已属罕见，而能砸到邮箱的可能性就更小了。有人计算其几率后认为，这要比摸中一张亿元彩票的可能性还小。所以，人们对这个邮箱的评价是：世界上最不幸的邮箱。

　　由于邮箱已经不能使用，邮局便将它当做废金属卖掉了。

但关于这个最不幸邮箱的故事并没有结束。

2007年秋天，在纽约的一个拍卖会上，一个名叫"克来克斯顿"的拍卖品引起了很多买家的关注，并匪夷所思地以8.3万美元的天价最终成交。而"克来克斯顿"就是当年那个被陨石砸扁的普通金属邮箱。它成了名副其实的世界上最昂贵的邮箱。

谁能想得到，曾经最不幸的邮箱，一转身竟成了世界上最幸运的邮箱。

如果你的人生遭遇了所谓的"不幸"，那你不妨想想这个叫"克来克斯顿"的邮箱，也许你会发现，自己的那些"不幸"还有另一个名字，它叫做万幸。

❋ 感　动

🌹抗挫小语🌹

祸与福从来不是绝对的，即使上帝对你关上一扇门，他也会在别处为你开一扇窗。幸运和不幸就像一对孪生姐妹，她们一个站在你人生路的左边，一个站在你人生路的右边。当你遇到不幸的时候，别忘了转过脸，幸运就站在不幸的对面！

（张　琼）

我的双手还在

你的双手还在吗？那你还担忧什么呢？

罗伯特的童年是在一个小渔村度过的。他的父亲两手空空来到这个渔村，靠着替人出海捕鱼，逐渐攒够了钱，买了一艘自己的渔船，也有了自己的家。

有一天，罗伯特的父亲驾船出海捕鱼，回来时发现自己家的房子着火了。左邻右舍都前来帮忙救火，但是因为傍晚的风势过于强大，最终还是没有办法将火扑灭，一群人只能眼睁睁地看着炽烈的火焰吞噬了整栋木屋。邻居都来安慰父亲，父亲却说："房子烧了还可以再建，我还有我的渔船。"

后来，父亲靠捕鱼的收入建起了新房，又成了家，日子逐渐好转。母亲憧憬着能像村里的有钱人家一样，离开渔村，搬到镇上去住。

谁知，一次父亲驾船出海，遇上了风暴，渔船沉没了。罗伯特的父亲在海中漂流了两天，才被人救起。

回到家中，母亲既为父亲的平安归来而欣喜，又为一家人的将来忧心不已。父亲却问母亲："你看我的双手还在吗？"不明所以的母亲回答："在。"父亲继续说："那你还担忧什么呢？"

仅靠着一双手，父亲又有了自己的渔船，全家也像母亲曾经期望的那样,搬到了镇里。

现在,罗伯特是纽约著名的心理学家,面对来诉说苦闷、不幸,想要寻求帮助的人,罗伯特就会想起自己的父亲,他常对咨询者说:"你的双手还在吗?那你还担忧什么呢?"

🌸 抗挫小语 🌸

美好不会一直存在。面对生活中的困难、挫折,我们有时会疑惑、不安,甚至绝望,可是只要我们的双手还在,希望就在。有了希望,相信终有一天,我们可以用双手撑起一片蓝天。(张 琼)

"不幸"的成功

"不幸"能成为创业的机会,关键在于不把它当做不幸。

有两个商人,一个叫麦加,一个叫麦士。他们一前一后患上白内障,视力严重受损,甚至不能阅读、写作和驾驶。

疾病令他们十分沮丧。麦加自患上白内障后心情变得暴躁,时常骂天喊地、酗酒嗜烟,不足半年他双眼完全失明了,再后来他因一次酗酒而亡命。

麦士则更加担心无业为继,他不忍看着妻儿与自己一起挨饿。幸而转念之间，他深深体会到视力不良者的不便和需要，慢慢研究出一种特别印刷的书籍，为他带来了丰厚的利润。

麦士说："印刷术发明以来，除了依然是把字印在纸张上外，一切已经改变，我决定要寻找出一种较容易阅读字体的方法，也算是对社会的一点贡献。"

他的视力不好，便尽量不在晚上工作，经过差不多一年的研究，麦士发现在纸上印有粗线条的斜纹字体，不但对视力有障碍的人大有帮助，也能提高一般人的阅读速度。

于是麦士把自己仅有的 15000 元存款从银行提取出来，把这组新研究出来的字体整理妥当，计划全面推广。

他在加州自设印刷厂，第一部特别印制而成的书，不是什么文学巨著，乃是全球销售量之冠的《圣经》。

无疑，这种宣传极具号召力，一个月内，麦士接到订购 70 万本《圣经》的订单……

原来阻碍我们走向成功的绊脚石不是"不幸"本身，而是把"不幸"当做不幸，听从命运的安排，自暴自弃的心态。"不幸"能成为创业的机会，关键在于不把它当做不幸。

❋ 胥加山

🌹抗挫小语🌹

如果命运塞给我们一个酸柠檬，我们应该做的不是怨天尤人，而是把它榨成汁，加点糖水，再配上一片薄荷叶，制成一杯清爽酸甜的柠檬汁。苦和甜来自外界，坚强则来自内心，来自一个人自身的努力。遇到挫折时，"不幸"绝不是失败的借口，自暴自弃的心态才是成功路上最大的阻碍。

（张 琼）

把挫折踩在脚下

不要问自己能走多远，而问自己想走多远。

1864 年 9 月 3 日这天，寂静的斯德哥尔摩市郊，突然爆发出一声震耳欲聋的巨响，滚滚的浓烟霎时冲上天空，一股股火焰直往上蹿。仅仅几分钟时间，一场惨祸发生了。当惊恐的人们赶到现场时，只见原来屹立在这里的一座工厂只剩下残垣断壁，火场旁边，站着一位三十多岁的年轻人，突如其来的惨祸和过分的刺激，已使他面无人色，浑身不住地颤抖着——这个大难不死的青年，就是后来闻名于世的弗莱德·诺贝尔。

诺贝尔眼睁睁地看着自己所创建的硝化甘油炸药的实验工厂化为灰烬。人们从瓦砾中找出了五具尸体，其中一个是他正在大学读书的、活泼可爱的小弟弟，另外四人也是他朝夕相处的亲密的助手。烧得焦烂的五具尸体，令人惨不忍睹。

诺贝尔的母亲得知小儿子惨死的噩耗，悲痛欲绝。年老的父亲因太受刺激引起脑溢血，从此半身瘫痪。然而，诺贝尔在失败和巨大的痛苦面前却没有动摇。

惨案发生后，警察当局立即封锁了出事现场，并严禁诺贝尔恢复自己的工厂。人们像躲避瘟神一样避开他，再也没有人愿意出租土地让他进行如此危险的实验。

这一连串挫折并没有使诺贝尔退缩。几天以后，人们发现，在远离市区的马拉仑湖上，出现了一只巨大的平底驳船，驳船上并没有什么货物，而是摆满了各种设备，一个青年人正全神贯注地进行一项神秘的试验。他就是在大爆炸后被当地居民赶走的诺贝尔！

大无畏的勇气往往会令死神望而却步。在令人心惊胆战的实验中，诺贝尔没有连同他的驳船一起葬身鱼腹，而是经过多次试验，发明了雷管，雷管的发明是爆炸学上的一项重大突破。接着，又在德国的汉堡等地建立了炸药公司。

一时间，诺贝尔生产的炸药成了抢手货，源源不断的订货单从世界各地纷至沓来，诺贝尔的财富与日俱增。

然而，获得成功的诺贝尔并没有摆脱挫折。不幸的消息接连不断地传来：在旧金山，运载炸药的火车因震荡发生爆炸，火车被炸得七零八落；德国一家著名工厂因搬运硝化甘油时发生碰撞而爆炸，整个工厂和附近的民房变成了一片废墟；在巴拿马，一艘满载着硝化甘油的轮船，在大西洋的航行中，因颠簸引起爆炸，整个轮船全部葬身大海……

面对接踵而至的灾难和困境，诺贝尔没有被吓倒，没有被压垮，也没有一蹶不振，他身上所具有的毅力和恒心，使他对已选定的目标义无反顾，坚忍不拔。在奋斗的路上，他已习惯了与死神朝夕相伴。

诺贝尔把挫折踩在了脚下，赢得了巨大的成功。他一生共获专利发明权355项。他用自己的巨额财富创立的诺贝尔奖，被全世界视为一种至高无上的荣誉。

沈 欣

抗挫小语

人生路上难免挫折，有人止步退缩，有人无畏前行，而成功的喜悦是只有那些真正拼搏过的人才能体味，他们懂得只有战胜挫折才能走得更远。不要问自己能走多远，而问自己想走多远。

（张　琼）

勇敢地面对挫折

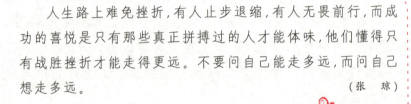

没有比人更高的山，没有比脚更长的路。

福井谦一生于很普通的家庭，是家中的独子。他自幼就喜欢玩，经常玩得浑身是泥。

1913 年，福井谦一考上大阪府今宫中学。一入学就参加了学校举办的生物爱好者学会。课余时间，他常和同学们一起爬山、收集生物标本和阅读书籍。他特别喜欢阅读法布尔的《昆虫记》，其中许多感人的场面，他都反复阅读。尤其令他陶醉的是这本书的最后一节——应用化学。不知是因为精力太分散，还是别的原因，那时他的化学成绩并不好。

一天，同学们都已回家了，可福井谦一还在回家的路上徘徊，直到太阳落山了，他才无奈地推开了家门。"爸爸，今天我的化学成绩出来了。"福井谦一主动向父亲坦陈,等待严厉的训斥。当得知儿子的成绩时,父亲虽然感到十分失望,但他仍鼓励道:"孩子,没关系。这次考差了,下次再努力。""爸爸,我想我是读不好书了。"福井谦一考虑了一下午的话终于在此时说出了口。父亲愣住了,便问:"孩子,你的意思是你要放弃,不想争取了?"福井谦一沉默不语。"如果你真是那么想的话,就太让我失望了。我以为你是个刻苦的孩子,没想到你碰到困难就想退缩。""可是,爸爸,或许我并不是一块读书的料,我想去参军。""孩子,不管你将来做什么事,书都必须要读。不读书,你就没文化,以后什么事也干不成。"父亲语重心长地说,"无论你做什么事,都会遇到挫折,不能一遇挫折就退缩,只有勇敢地去面对挫折,去克服困难,才能真正地去超越。孩子,你要记住,没有比人更高的山,没有比脚更长的路。"福井谦一被父亲的话打动了。"爸爸,我收回刚才的话,我会好好努力的。"他很认真地说。

此后,福井谦一制定了一个周密的学习计划,把平时用来闲逛的时间都合理地作了安排。他知道,时间是挤出来的,只要把一点一滴的时间积累起来,就可以做许多事。早晨起床,福井谦一一边吃饭,一边看报纸和课本;课间休息,有问题就向老师请教;晚上睡觉前,把全天的功课都复习一遍。

功夫不负有心人。过了半个学期,他走出了失败的阴影,化学成绩直线上升。第二学期,他做了化学课代表,还参加了化学竞赛,从此他对化学的兴趣一发而不可收。后来,福井谦一专门从事化学研究,在 1981 年获得了诺贝尔化学奖。

❋ 崔鹤同

🌸 抗挫小语 🌸

　　缺少了挫折,成功的魅力也会减少许多。冰心说过,成功的花儿,人们只惊羡它现时的美丽,当初他的芽儿却浸透了奋斗的泪水,洒遍了牺牲的血雨。如果遭遇挫折,仍能以奋斗的英姿与之对抗,这样的人生才是辉煌的!

(张　琼)

第2辑

人生不可能被注定

一个老师问学生："在金矿里，
看到最多的是什么？"
"金子。"学生答。
"不对。"老师说，"是矿渣。"
天下的金子，不是一挖出来就是金子，
而是要淘尽千千万万的矿渣才成为金子的。
同样，天下的人才，不是一生下来就注定是人才，
而是要"淘"尽无数的缺点、瑕疵、失败、坎坷和挫折，
不断地锻炼自己，最终才能成为人才。

没伞的孩子，必须努力奔跑

如果你连伞都没有，那么你就必须努力奔跑，直到你见到人生的彩虹为止。

他21岁那年从外地来到北京拜师学艺，却四处碰壁。不久之后，他和几个朋友成立了一个小的俱乐部，靠在街头卖艺混口饭吃。那时候，他住在北京的郊区，从住处到市中心足足有一个多小时的车程。为了省钱，他连公交车也舍不得坐，每天都骑着自行车来回奔波穿梭，每天的行程都需要花费四五个小时。可尽管如此，他从来没耽误一次学艺或是演出。

每当夜幕降临的时候，别人都早早回到温暖的家，而他仍旧站在空荡荡的舞台上反复练习新学的段子，直到练得嗓子有些嘶哑，舌头不住地打战才停下来。朋友们看不下去了，私底下劝他，不就是为了混口饭吃吗，至于这么拼命吗？真把自己累垮了，那不是更亏！

朋友们的心意他领了，但他仍旧拼命地记录、背诵、练习各种各样的传统段子。大家都摇着脑袋说，这小子疯了，见过拼命的，可从来没见过这样不要命的。整整一年，他没看过一场电影，没逛过一次街，甚至没好好睡上一觉儿。当别人花前月下、推杯换盏的时候，他默默地挥洒着汗水，紧咬牙关努力坚持着。付出的汗水终于获得了应有的回报，在短短的一年里，他竟然能将600多个传统段子收放自如地表演出来，在朋友圈里小有名气。

可命运似乎总爱和努力的人开玩笑，失败一次次降临，成功成了遥不可及的目标。默默耕耘、无人问津的日子过得异常苦闷。有一次，他仍像平时一样练习到深夜才骑着自行车回家。可刚骑出没多远，他就突然发现自行车的链子掉了下来。午夜的街道上，公交车已经停运，而且他也没钱打车。第二天下午还有一场重要的演出，他脚一跺，牙一咬，把自行车扔在路边，硬着头皮向郊外的出租屋走去。

正值秋雨绵绵的季节，天色微微发亮的时候他才浑身上下湿漉漉的回到住处。头晕目眩的他一头栽倒在床上，发起了高烧，他心里清楚，这样下去非出事不可。于是，勉强支撑起身体，翻箱倒柜地找出一个破传呼机，拿到街上卖了十多块钱，买了两个馒头和几包感冒药，硬是挺了过去。

当他下午面色蜡黄地赶到演出地点的时候，他的搭档吓了一跳，连忙问他出了什么事。他笑着说了昨晚的遭遇。看着他憔悴的面庞，搭档的眼泪在眼眶里直打转。搭档在他肩上轻轻拍了拍，什么也没说，搀扶着他走上了前台。

一无所有的他硬是靠着这股倔劲在竞争激烈的北京站稳了脚跟。几年之后，在一次比赛里，他的自信从容、诙谐幽默引起了著名相声演员侯耀文的注意，侯耀文通过别人婉转地表达了自己想收他为徒的意思。听到这个消息的时候，他让搭档于谦打自己两下。于谦扇了他两耳光，他的眼泪忽地落了下来，两个大男人紧紧抱在一起，孩子一样放声大哭。

几年以后，他——郭德纲已经红透了大江南北。有记者把他当年的这些故事挖掘出来，问他为什么能坚持到现在。他微笑着回答："我小的时候家里穷，那时候在学校一下雨，别的孩子就站在教室里等伞。可我知道我家没伞啊，所以我就顶着雨往家跑。没伞的孩子你就得拼命奔跑！像我们这样没背景、没家境、没关系、没金钱的，一无所有的人，你还不拼命工作，拼命奔跑，那活着还有什么意思？"说这话的时候，他面前的记者眼圈儿都红了。

的确，人生的路上，每一个人都有自己的生活方式。如果你有伞，那么你当然可以在生活的风雨中悠然前行；而如果你连伞都没有，那么你就必须发动每一个细胞，集中全部精力，努力奔跑，直到你见到人生的彩虹为止。

没伞的孩子，就必须努力奔跑！

❋ 王　磊

❁抗挫小语❁

人生，对我们每个人来说，都不是坐吃山空的过程，而应是一部奋斗史。有伞的孩子如此，没伞的孩子更应如此。没伞的孩子，必须努力奔跑，这意味着我们必须付出比别人更多的汗水和努力，意味着我们在遇到挫折时更要鼓起勇气迎难而上，只有这样，我们的人生才会有希望，才能收获成功。

（陈　军）

向星星借光的女孩

这是个向星星借光的女孩，其实她比星星更加耀眼。

琳楠又叫妮子。在学校是琳楠，回到家里是妮子。

妮子放学回来，书包往桌子上一扔就洗手做饭。别看她只有十一二岁，做些家常便饭早已成了常有的事。只见她往锅里舀水，抱柴点火，搅拌面糊；接着把菜择好、洗净、切碎。她十分麻利地在灶台和案子间忙碌着。

不大一会儿饭就做好了。她先给瘫痪在床的奶奶端饭，看着奶奶吃起来，她才开始吃。她吃饭时也没闲着，猪圈里的三头大猪早已饿得嗷嗷大叫。她对着它们喊了几句，就边吃边煮起了猪食。等她吃完饭，喂过猪，这才坐下来写作业。

妮子再有几个月就要上初中了。她学习很努力，在班上是尖子生。她的理想是考上县里的重点中学。他哥哥就是从这所中学毕业的。可她的心事没敢跟爸爸妈妈讲，县重点中学离家远，得住校，费用太高。怕家里拿不出那么多钱供她上。哥哥花钱多，一个月就得好几百块。她想，等哥哥放假回来她得跟他说说，上大学就是大人了，放了假别光往家跑，出去打工挣点钱，也减轻一点爸妈的负担。我要是上了大学就不向爸妈要钱，自己挣钱养活自己。

奶奶见妮子收拾书包，就问："妮子，几点了？"妮子看了看桌子上的小闹钟，说："快十点了。""你上好门先去睡。""你睡吧奶奶，我等俺爸俺妈回来还得给他们热饭哩。"

妮子关了电灯，搬个小凳子坐院里等着给爸妈热饭。

妮子的爸爸妈妈是到五十多里外的一个镇上卖砖去了。妮子的爸爸妈妈很辛苦，天不明就到窑上装砖。一拖拉机能拉3000多块砖。3000多块砖，妮子的爸爸妈妈得一块一块往上装，一刻不停地要忙两个多小时才能装好。然后，爸爸开着拖拉机出去卖。遇到买主，谈好价钱，再一块一块给人家卸下来。顺的时候天不黑就能到家，背的时候八九点也回不来。听妈讲，有时硬是没人买，到天黑还卖不了，她就着急了，老惦着家，惦着奶奶和妮子。他们回不来，妮子也会着急，担心路上出什么事。妮子的担心不是没缘由的，去年冬天有一天他们回来得很晚，几米以外就什么都看不见了，可那天拖拉机上的灯坏了，他们只好摸黑往家赶，结果在一个转弯处翻了车，妈无大碍，可爸却折断了左腿，在家养了好几个月才敢干活。

今晚又是怎么了，这么晚回不来。

妮子看看天，天上没有月亮，只有星星。星星都在调皮地向她眨眼。她心里对星星说，你们都别看我，把你们的光都给俺爸俺妈吧，给他们把路照亮，好让他们早些回来。夜静的时候，妮子很害怕，尤其是怕声音，哪怕是老鼠弄出一点声音也让她胆战心惊。她给妈说过：别再卖砖了，你们晚上回来晚了我害怕。妈说你和你哥都在上学，奶奶要看病，买拖拉机的欠债要还，用钱的地方多着呢，不卖砖挣钱，咋办？妮子能理解爸爸妈妈，以后再也没说过不让他们卖砖的话。

奶奶又喊她回屋睡觉。她应了一声，可没有动。她怎么会睡得着，爸爸妈妈每天回来都累得动都不想动，她得给他们热饭,好叫他们吃完早些休息。

妮子喜欢下雨天,天一下雨爸爸妈妈就无法出去卖砖,这样她就不用下厨做饭,不用担惊受怕,有妈妈在身边陪着,可以安心做作业,放心睡大觉。有时她又想让拖拉机坏了,一坏他们就出不去了。碰上天好,拖拉机又不坏的时候,她又想,我要有钱了就给爸爸买部手机,家里也装上电话,随时都能知道爸爸妈妈在外面的情况。

妮子忽然想起,昨天爸爸妈妈脱下来的衣服还在盆里泡着,等着也没事,还不如把衣服洗洗。于是她就着院里的光洗起衣服来。一盆衣服洗完了,还听不见拖拉机的声音。她不由自主地来到村头,那里离公路很近,只要有拖拉机的灯光照过来,爸爸妈妈就该回来了。

公路上不时有车灯闪过,可就是没有往村头照的车灯。几声鸟叫声传来,妮子打了一个冷战。她很害怕,她想哭,可又不敢,她怕哭声更增加自己的恐惧感。她想回去睡觉。可又想早一点见到爸妈。终于有车灯照过来。声音也听到了,是拖拉机,是她家的拖拉机,她能听出声音,她带着哭腔喊着爸妈跑过去。

✿ 马爱民

🌹抗挫小语🌹

这是个向星星借光的女孩,其实她比星星更加耀眼。12岁的她如此懂事,如此努力地生活,没有埋怨,没有悲怜,更没有放弃希望。无论家庭环境再怎么不好,我们都应像这个女孩一样积极地面对。这样,我们就能战胜一个又一个挫折和困难。

(陈 军)

为自己撑一把雨伞

与其浪费力气骂天，不如为自己撑起一把雨伞。

连绵秋雨已经下了几天，在一个大院子里，有一个年轻人浑身淋得透湿，但他似乎毫无觉察，满天怒气地指着天空，高声大骂着：

"你这该千刀万剐的老天呀！我要让你下十八层地狱！你已经连续下了几天雨了，弄得我屋也漏了，粮食也霉了，柴火也湿了，衣服也没得换了，你让我怎么活呀！我要骂你、咒你，让你不得好死……"

年轻人骂得越来越起劲，火气越来越大，但雨依旧淅淅沥沥，毫不停歇。

这时，一位智者对年轻人说：

"你湿淋淋地站在雨中骂天，过两天，下雨的龙王一定会被你气死，再也不敢下雨了。"

"哼！他才不会生气呢，他根本听不见我在骂他，我骂他其实也没什么用！"年轻人气呼呼地说。

"既然明知没有用，为什么还在这里做蠢事呢？"

"……"年轻人无言以对。

"与其浪费力气骂天，不如为自己撑起一把雨伞。自己动手去把屋顶修好,去邻家借些干柴,把衣服烘干,粮食烘干,好好吃上一顿饭。"智者说。

🌺抗挫小语🌺

下雨的天气,我们每个人都会碰到,是像这个年轻人一样,停下来指天骂地;还是像智者说的,撑一把伞继续走自己的路?人生路上,挫折无处不在,是停下来怨天尤人,还是继续前行想办法战胜它?前者将一事无成,后者才有可能摘到成功的果实!(陈 军)

人生不可能被注定

人生没有注定,只要努力就能不断享受惊喜。

人生没有注定,只要努力就能不断享受惊喜。

15岁那年,我在茶楼打工,因为肚子太饿了,我趁人不注意,偷吃了客人剩下的叉烧包。经理狠狠地给我一个耳光,并将我开除了。

我哭着回到租住的地方,跟住在隔壁的老伯哭诉:"为什么我的命这么苦?12岁时,爸妈就离婚不要我了,上学受人欺负,打工也被人开除,难道我注定要一辈子这么倒霉吗?"

老伯笑了："小鬼头，谁告诉你人是要被注定的？要是这样，那还有什么惊喜，连做百万富翁也没有什么意思了。"他的一番话把我惊醒了。

此后，无论路有多难，我都坚持走下去。我热爱音乐，便一直坚持在演唱这条路上走下去。10 年后，我的专辑《一场游戏一场梦》面世。唱片上市的第一天，公司的一位"前辈"问我："王杰，你的唱腔实在太奇怪了，你觉得你的新唱片能卖多少？"他的眼神不太友善，但我还是很坦诚地说："应该可以卖到 30 万张吧。"没想到，我的回答马上被当成笑话传遍公司，甚至有人见到我就开始叫我"30 万"。在他们眼里，我是想一夜成名想疯了。

唱片推出的第七个晚上，我坐计程车回家。收音机里正播放本周流行榜的冠军歌曲。一阵熟悉的旋律让我的心开始狂跳。是我的《一场游戏一场梦》！

到现在为止，《一场游戏一场梦》的销量已经超过了 1800 万张。在世事的动荡中，人的一生是不可能被注定的，人来到了这个世上，就是为了体验惊喜与激情，同时，跌撞和低谷也是难免的。有过不一样体验的人才是真正幸福的人，就像那位老伯，他只是个守夜的，可是谁能想到他心里的快乐和富足呢？

❋ 王 杰

🌹抗挫小语🌹

明天就像盒子里的巧克力，什么滋味，令人遐想；人生总是充满着变数和惊喜。每一刻都在变化的人生，需要我们勇敢地挑战和细心地体验。想要到达明天，那么现在就开始启程，有了坚定的信念，才能走过从黑暗到天亮的这段路程。

（陈 军）

地不亏人

付出和回报也许不完全对等，但只要付出了，就必定有回报。

那一年，我落榜了。一个人躲在家里不愿意也不敢见人，总感觉自己是天下最最不幸的人。

想来想去总觉得命运对自己不公平：为什么那么多平时成绩不如自己好、学习没有自己努力的人都考上了大学，而自己却偏偏落榜了呢？

时间一天天地过去了，父母每天都在农田里奔忙着，只有我一个人呆呆地躺在自己的小屋里，一遍遍地向天、向地发问。

终于，有一天我待不下去了，扛起锄头走出了家门。我家就三块地，很快便找到了母亲。她正在锄草，烈日下，她脸上满是汗水。我走过去。那是一块黄豆地，杂草满地，几乎看不到豆苗了，当时，别人家的豆子都已经老高了。"娘，这豆苗还能长起来吗？"我刚锄几下，就有点泄劲了，因为仅有的几棵苗也都被虫子吃得不成样子了。"能，地不亏人！"母亲十分坚定地说，"累了，你就到树下歇一会儿。"也许是肚里憋了高考的怨气，我一气干到天黑。

第二天接着锄，到第三天天黑终于把草锄完了。整块地剩下的只有稀稀疏疏的豆苗，黄黄的叶子被虫子吃得惨不忍睹，看着它们我又落下了泪。这些豆苗真和高考后的自己一样可怜。

当天夜里下了一夜的雨。我的脑子里满是被雨水击打的豆苗的身影，第二天，我没有忍心再去看它们。半个月后，当我再次走进那块豆地时，看到的却是一块整齐碧绿的豆地，我十分惊奇。

两个月后，颗粒饱满的黄豆堆满了院子。在街坊邻居中，我家的豆子产量最高。母亲笑了，指着豆子问我："娃，咋样？'地不亏人'吧，念书也一样，只要用心，就能有出息。"

当夜，想着母亲的话，我一夜未睡。第二天，我便找出了那束之高阁的高考资料……我比过去更加刻苦了。通过一年的发奋苦读，第二年，我终于如愿以偿地走入了大学的课堂。

后来我才知道，母亲在那块豆地里比别人多用了一倍的工夫，整整忙了一个多月。我在吃惊之余便更加懂得了母亲的良苦用心和"地不亏人"的深刻含义，其实，不只是种地和读书，干什么都一样。"苦心人，天不负。"只要你付出了就一定会有收获，只要你不懈地努力就一定能成功。十多年过去了，那块豆地和母亲的话一直印在我的脑海里。直到今天，每当我在工作中遇到困难时，我总是这样勉励自己：地不亏人！

🌸 抗挫小语 🌸

失败的时候，我们总是喜欢归咎于老天的不公。其实，人生路上，付出和回报也许不完全对等，但只要付出了，就必定有回报。如果觉得回报还不够，那只是因为你的付出还不够。所以，让我们抓紧时间在人生的春季里付出更多的汗水吧，到时自会迎来一个收获的金秋！

（陈　军）

"瞎"折腾

> 每个人都有追求美好生活的权利,这和我们身体是否健全,家庭是否富裕没有一点儿关系,唯一有关的就是我们的心。

我有位同事是杭州市的爱心慈善大使,十多年前,他认识了一位盲女孩,她父母均是盲人,家庭生活十分拮据。

盲女孩表现出来的强烈的上进心打动了我同事,他对此作了一篇报道,帮助女孩上了特殊教育学校。女孩毕业后,他又继续关注,使该女孩成为一名能够自食其力的按摩医师。

我就是在按摩诊所里看到她的,我记得那天她穿了条红色的连衣裙,那是一种罕见的红色。

她爱说爱笑,那天诊所里人很多。有人说她的裙子漂亮,她便让大家猜她的裙子的颜色。

玫红?桃红?朱红?橘红?绛红?粉红?锈红?血红?酱红?紫红?茜红?霞红?猩红?霁红?石榴红?海棠红?蔷薇红?罂粟红?胭脂红?宝石红?……

大家饶有兴趣地猜着,几乎把所有想得起来的红都说遍了,而她只是笑着,摇头,摇头,摇头……

她看不见,她心里认定的那种颜色,别人又怎能猜得透呢?

许多年过去了，前不久又听同事说起了这个女孩。

同事说，本来嘛，按摩诊所开得好好的，刚刚可以维持一家人的生计，她忽然就把它关了，去学调音。女孩悟性不错，学了一段时间，居然就可以独自上门为钢琴调音了。

同事说，本来嘛，当个调音师也挺好的，收入比按摩好上几倍呢，可是她做了一阵忽然又不想做了，独自去了北京，去一家电台客串主持人，你说她一个女孩子，眼睛又看不见，这么东跑西颠的干吗呢。

客串的活儿毕竟不稳定，后来女孩听说某电台有一档盲人主持的节目，就去毛遂自荐。不成。她忽然大悟，我干吗非主持盲人节目呢，我可以主持任何节目呀。

现在她正刻苦进修，准备当一名电台的正式主持人，她还立志做出一个名栏目来。

女孩没错，是我们错了，我们以为盲人暗无天日，寸步难行，只要能够维持生计就可以了。我们以为她"瞎"折腾，其实他们同样可以追求，可以做梦，可以"想入非非"，可以这山望着那山高，和我们一样。

❋ 莫小米

🌹 抗挫小语 🌹

"心有多大，舞台就有多大。"其实，每个人都有追求美好生活的权利，这和我们身体是否健全、家庭是否富裕没有一点儿关系，唯一有关的就是我们的心。不要局限在那些世俗的观念中，去放飞梦想追求生活吧。

（陈 军）

格德山庄梦想

> 每一个梦想都是一座房子，只要你坚持不懈地去建筑，总有一天，你会拥有自己梦想的房子。

在英国的朴次茅斯，有所名为格德山庄的中学。凡是进入这所学校学习的孩子，在进入学校后的第一堂课上都会听到一个和梦想有关的故事。这个梦想叫"格德山庄梦想"，讲的是一名曾经在格德山庄中学读书的学生的故事。

这名学生7岁那年的夏天，跟随父亲从家乡朴次茅斯到肯德郡去旅游。在肯德郡，他和父亲路过一家漂亮的山庄。在他眼里，那山庄简直就是传说中漂亮的城堡。他停下来，用艳羡的目光打量着这个诱人幻想的府邸，嘴里发出啧啧的感叹。父亲走过来，搂着他的肩膀告诉他："孩子，这是格德山庄，是肯德郡最著名的建筑，很漂亮吧。"他点点头，对父亲说："如果我们的家在这样漂亮的山庄里该多么美妙啊！"父亲看透了他的心思，抚摸着他的头和蔼地说："孩子，只要你努力，将来有一天，你也能拥有这样漂亮的山庄。"

父亲的话像一颗生命力极强的种子种在了他幼小的心田里，那是梦想的种子。从见到格德山庄的那一天起，他的心里就有了一个梦想：拥有一座像格德山庄一样漂亮的山庄。父亲为他的这个梦想起了个名字——格德山庄梦想。自从心里有了这个梦想，他就有了彻底的改变，从一个不爱读书、调皮捣蛋的孩子变成了勤奋好学的学生。因为父亲告诉他，只有有上进心的人才可以实现自己的梦想。

　　几乎所有高远的梦想都会接受现实的考验，他的格德山庄梦想也一样。在他11岁那年，父亲因为无法偿还债务而锒铛入狱。他是家里的长子，为了替家庭减轻些负担，他不得不辍学。在他12岁生日的那天，母亲把他送进一家皮鞋油厂当童工。工作并不重，但是12岁的他觉得很累，他觉得一切都完了，包括他的格德山庄梦想。他带着痛苦和怨恨随母亲一起去狱中看望父亲，见了父亲一句话也不想说，坐在一旁听母亲和父亲谈话。要走的时候，父亲突然叫住了他："查尔斯，别失望，别忘了你的格德山庄梦想啊！"父亲说完，伸直了左胳膊，然后向上弯曲，手握成拳，在空中朝他挥了挥。那一刻，他的眼睛湿润了，也把手握成拳头，对着父亲挥了挥。本来已经熄灭的梦想火焰再一次燃烧。他开始带着书本走进生产车间，休息的时候，就如饥似渴地读书。晚上回到家里，不顾疲倦，他趴在床上写自己的读书心得。并拜托母亲把自己的读书心得拿给学校的老师看，从老师那里得到评价和指导。

　　在困苦中，他一天天长大，生活的穷困并没有丝毫改善。但是，他的格德山庄梦想却一直在心中。即使那在别人看来是异想天开，一个连填饱肚子都不容易的人怎么可能拥有漂亮的山庄？他不在乎别人怎么看，梦想召唤着他前进，给他无限的动力。

　　他开始写作，并四处投稿。不是想挣钱，而是渴望发表，渴望向别人证明自己。他在一家工厂工作，白天在一个老鼠横行的货仓里贴标签，晚上在一间阴暗潮湿的房子里看仓库。就在这间房子里，他笔耕不辍。

终于在他 25 岁那年，他写成了《匹克威克外传》，获得了很高的赞誉。

他终于走出了那间阴暗潮湿的小房子。

他就是狄更斯，享誉世界文坛的文学巨匠，写出了《双城记》、《大卫·科波菲尔》等许多脍炙人口的名著。36 岁那年，狄更斯来到肯德郡，买下了那座给了他无穷动力的格德山庄，在那里他一直住到辞世。

他辞世后，他曾经就读过的中学为了纪念他，打算更名为"狄更斯中学"。一位曾经和狄更斯在一起工作的朋友向学校建议，将学校改名为"格德山庄中学"。他的理由是，应该让曾经激励过狄更斯的那个梦想去激励更多的人。校委会采纳了这个建议，将校名改为"格德山庄中学"。

凡是进这所学校学习的孩子，在第一堂课上都会听到狄更斯和他的"格德山庄梦想"的故事。每一个梦想都是一座房子，只要你认定了要一座什么样的房子，并坚持不懈地去建筑，无论面对多大的困难，都不要忘记为房子去添砖加瓦，日积月累，总有一天，你会拥有自己梦想的房子。

❋ 一 哲

🌀抗挫小语🌀

生活之所以美好而具有诱惑力，是因为有梦想。梦想就是我们前进的驱动力，梦想也给了我们未来无数种的可能。无论多么伟大的梦想，都不会是空中的楼阁，要实现它，必定要战胜无数的挫折，不断付出努力和汗水！我们所要做的是：选好目标，坚持不懈！

（陈 军）

左手实现了右手的梦想

他用自己的传奇经历告诉世人，梦想并非遥不可及，它需要用实际行动来实现！

卡罗伊·陶卡奇 1910 年出生在匈牙利，在 20 世纪 30 年代时他就闻名于射击界，并有着"欧洲人"的称号。他拥有稳定坚强的心理素质和完美的技术，而被视为欧洲射击运动的代言人。

按照规定，陶卡奇在匈牙利必须服兵役。1938 年，陶卡奇服兵役期间，身为士官的他在参加训练时，一枚有问题的手榴弹在他的右手中爆炸了，那只他用来射击并寄托着奥运冠军梦想的手被炸得粉碎。他的世界霎时陷入一片巨大的黑暗之中。

好在他虽然残疾了，但仍被允许留在军队中。在别人看来，他的射击生涯就此结束了，他也一度心灰意冷。但当看到完好无损的左臂还在时，他的心中再次燃起了希望。陶卡奇在医院待了一个月后，就迫不及待地独臂驾车返回了军队，并且用他的左手重新开始练习射击。因为陶卡奇不是左撇子，并且在那场事故之前他也从未用左手射击过，所以左手握枪令陶卡奇感觉非常别扭，对于已经用右手在射击领域取得过辉煌成绩的他来说，再用左手一切从零开始，实在是太难了！但是陶卡奇没有放弃，通过刻苦练习，终于学会了用左手射击。令人匪夷所思的是，在接下来的一年中，他用左手赢得了匈牙利手枪射击锦标赛的冠军,并且作为国家队的一员在世界锦标赛中赢得了自动手枪的冠军。这也使他看到了参加奥运会的希望。

但由于此时正处于二战期间,奥运会被迫暂停,他不得不等到1948年,那年他已经38岁,参加奥运会的梦想终于变成了现实。在比赛开始之前,著名的世界冠军、世界纪录保持者阿根廷人卡洛斯·瓦利恩问陶卡奇为什么会在身体遭受严重事故后仍选择来到伦敦。对此,陶卡奇回答说:"我是来学习的。"比赛中,缺一只臂膀没有影响陶卡奇的发挥,他在规定的时间内有条不紊地打完了60发子弹,并以580环的成绩获得25米手枪速射的冠军。在颁奖典礼中,瓦利恩转身对陶卡奇说:"你已经学成了。"当陶卡奇登上伦敦奥运会手枪速射冠军领奖台时,在场的观众对他报以长时间的热烈掌声。因为和其他所有的冠军选手不同,他没有右臂,人们无不为他战胜可怕的伤痛和永不言败的精神所打动。

夺得伦敦奥运会金牌后,陶卡奇没有退役,4年后在赫尔辛基奥运会上,陶卡奇成功地打破了他的个人最好射击纪录,成为第一个蝉联奥运会速射比赛冠军的运动员。他用自己的传奇经历告诉世人,梦想并非遥不可及,它需要用实际行动来实现!

❀ 清 山

🌸 抗挫小语 🌸

梦想的实现,不是面对杂草丛生、峰回路转的前途枉自嗟叹,而是披荆斩棘,一往无前;不是拘泥于命运的禁锢,听凭命运的摆布,而是奋力敲击其神秘的门扉,使之洞开一个新的天地。微笑面对挫折,去勇敢地唱响生命的凯歌吧! （陈 军）

登上山顶

如果你的目标是高山的山顶，那么你绝不会因半山腰的藤绊了一下脚而停下自己爬山的脚步。

　　他出生在山东沂县一个贫困的家庭，尽管他勤奋好学，家里仍负担不起他的学费。念完初中，懂事的他便辍学了。

　　辍学后，他背上行囊，像千千万万的农村青年一样，来到了城市，成为一名农民工。不同的是，他的行囊里带着书，带着纸和笔。

　　在大连，他租了一间 4 平方米的小房，做起卖菜的小生意。每天凌晨两点左右，他到蔬菜批发市场批发蔬菜，然后再拉到菜市场去卖，每个月能赚 500 块钱。别人卖菜都大声地叫卖，他却把菜价写在标签上，等待顾客来买。在等待的时间里，他如饥似渴地读书。没有谁会想到，一个卖菜的小伙子竟能在喧闹的菜市场读完《资本论》这样的书。

　　卖了两年的菜后，经人介绍，他去了一家工厂做仓库保管员。工作中，他接触到产品出货单、海外清单，上面全是英文，这激发了他学习英语的兴趣。他买来一些英语学习资料，开始学习英语。他仅有初中时打下的一点英语基础，学起来很吃力，但他相信只要坚持下去，他就能把英语学好。就这样，他自学六年,终于拿到了英语专业的本科文凭。

1997 年,工厂破产了,他失去了工作,又成了农民工中的一员。他给人划过玻璃,安装过空调,卖过雪糕,做过许多艰苦的工作。但是无论做什么工作,他都随身带着书。2004 年,他参加了研究生考试。这一次,他成功了,被中国社会科学院录取了。捧着录取通知书,他流下幸福的泪水。

他叫郭荣庆,一个憨厚的小伙子。他的事迹传遍了整个大连,电视台请他做节目。在节目现场,有位大连市民问他:"在困境中,你是怎样激励自己的? 遇到挫折,你是怎样面对的?"郭荣庆这样回答:"如果你的目标是高山的山顶,那么你绝不会因半山腰的藤绊了一下脚而停下自己爬山的脚步。所以,遇到挫折时,一定不要忘记,自己的目标还没有达到。"

是的,对郭荣庆来说,尽管工作与环境不断变化,但心中的目标却坚定不移,那就是——"登上山顶"! 正是这个目标,激励着他不断努力,最终从一个普通的农民工成长为一名社科院的研究生。

❀ 苇 笛

🌹抗挫小语🌹

凤凰的美丽是因为痛苦的涅槃,人生的灿烂是因为挫折的历练。人生之路犹如登山之道,一路上固然会布满荆棘,悬崖陡壁,但不能否认,它们充实了我们的旅途,丰富了我们的经历。正视它,解决它,人生之路的顶峰必是一片灿烂!

(陈 军)

你是我心目中的英雄

我不是英雄,我只是没有放弃自己的梦想。也许,生活也因此一天天地变得更美好。

迈克出生时,大夫告诉他母亲:"趁现在还来得及,最好还是舍弃这个孩子吧。"父母没有那么做,但家里却为此吃尽了苦头。快3岁时,他才摇摇晃晃地走出第一步。那个冬天,他的两个哥哥带他坐在一面大镜子前,手点着他的鼻子问他:"这是什么?"他回答是嘴巴。更为不幸的是,包括他父母亲在内,没几个人能听懂他说的话。

5岁那年,他被送往"肯尼迪儿童中心"学习。在那儿,他终于有了长足的进步。

7岁时的一个下午,他翻出一本旧相册,里面有他的两个哥哥幼年时在电视广告中的剧照。他一下给迷住了,痴痴地一再嚷道:"我要……我也要上电视!"他的父亲摇了摇头劝道:"我实在看不出有这种可能性!"

迈克却没忘记他的梦。一有空,他便一遍遍地借助着录像带练习唱歌和跳舞。5年后他终于迎来了一个机会,他在学校的圣诞晚会上扮演一个牧羊人,唯一的一句台词是:"嗨,真有意思!"为这句话,他反复练习了十多天,连在梦中也念叨不停。幸运的是,演出那天,观众席上一位来自好莱坞的导演听说了迈克的故事。

又过了 10 年,这位好莱坞导演准备推出一部肥皂剧的时候,发现还少个跑龙套的角色。他抓起电话:"嗨,小伙子,对好莱坞还有兴趣吗?""好莱坞? 太棒了,要知道我没有一天不想它的!"迈克热情洋溢地回答。

于是,22 岁那年,迈克第一次来到好莱坞,和那些大明星在一起,他感到无比高兴和激动,说话也变得流畅自然了。电视剧原定于 1988 年 9 月播出,然而全美电视网联播公司拒绝购买播映权。迈克的梦幻破灭了,他又回到原先工作的单位。一年之后,他已有了令人羡慕的固定薪水。他的家人和一些朋友都为之欣慰, 他们一再对他说:"你必须忘掉那些关于好莱坞的陈词滥调,那扇门不会再向你打开的!"

但迈克深信,门会开的,好莱坞也没忘记他。不少人都说:"让这个执著的小伙子离开银幕太可惜了,何不再安排一次机会让他碰碰运气呢? "

于是,一个编剧特意为他写了一部家庭伦理片。剧中的儿子像迈克一样,患有先天性残疾,父子二人相依为命,共渡艰难人生。

正式开拍那天,迈克站在摄影机前,感慨万分,泪流满面。他想起了自己坎坷不平的人生道路, 想起了父母亲过早花白的头发,想起了无数帮助过自己的认识和不认识的朋友,更想起了那些身患疾病孤苦无助的同龄人。他泣不成声地对"父亲"说道:"天真黑! 爸爸,拉我一把。你的手会给我温暖和勇气。让我们手拉手,共同走过这条人生泥泞的短暂的隧道……"

迈克成功了。

所有的评论都说:"这部影片可能不是最出色的, 但肯定是最感人的。"一夜间,迈克成了人们的偶像,信件铺天盖地般涌来。一个中学生来信说:"我今年 16 岁,和你一样,我也患有严重的残疾。你是我心中的英雄。"

"我不是英雄,"迈克告诉他,"我只是没有放弃自己的梦想。也许,生活也因此一天天地变得更美好。"

🌹 抗挫小语 🌹

梦想是奇迹诞生的推动力,是成功人生的根源。雏鹰不放弃梦想,于是有了展翅千里,利剑穿空的美景;水儿不放弃梦想,于是有了水滴石穿,百川入海的壮阔景色。我们不放弃梦想,于是有了历尽挫折、苦尽甘来的成功!

(陈 军)

永远不能放弃

马里奥·卡佩奇笑着对采访他的人说:"我为什么成功?就因为我从来都不懂得什么叫做放弃!"

1941 年的一个清晨,他的母亲正在为他准备早饭,一群荷枪实弹的警察突然闯进了他的家,砸碎了房间里面所有能够看得见的东西,并且给他的母亲戴上了手铐。因为他的母亲是反战联盟的一员,写了大量反对德国纳粹的文艺作品。

他哭泣着去拉母亲的衣角，希望能够和母亲一起被带走，可是蛮横的警察却推开了他。他的母亲对着他大声喊："不要哭！男孩子需要的是坚强，记住了儿子！等着妈妈回来和你在一起，记住了，再苦再难都要等着妈妈。不能够放弃！记住了吗，儿子，活着就永远不能够放弃。"

母亲被带走了，当时他只有4岁！4岁的他茫然地看着惨遭洗劫的家，他不知道自己今后的生活如何过，自己要等待母亲到什么时候？

他开始四处流浪，寒冷和饥饿侵袭着他的身体，他只能蹲在街头的一个角落里，运气好的话，他能够乞讨到一块面包充饥，如果运气不好，他只能拼命地喝水。这些还不是令他最痛苦的，最让他痛苦的是那些比他大的乞丐经常找各种理由欺负他，每当被人打得发晕的时候，他就想到死，但这时候母亲那双看着自己的眼睛就在脑子里面显现。他就对自己说："妈妈一定会回来的，妈妈一定会回来的，我不能够放弃！"

晚上睡在桥洞里的时候，他会在心里呼唤自己的母亲："妈妈，你在哪里？"而这个时候，他的母亲正躺在慕尼黑附近的达豪集中营里，已经被折磨得奄奄一息，他母亲的心里同样在想着他，并且也对自己说不能放弃，永远不能放弃！

终于，美国大兵打开了达豪集中营的大门，从成堆的囚犯尸体中发现了他的母亲，并且将她迅速送往医院抢救。一个月之后，他的母亲刚刚恢复了一些体力就固执地要求出院，并且对医生说："我不能再住在这里了，我要去找我的孩子！"

4年，整整4年！他的母亲不知道能否找到他，他的母亲一个城市一个城市疯狂地寻找，最后在一个街头的角落，他和母亲同时认出了对方。但让母亲惊呆的是，快9岁的他，瘦得已经没有了人形，而且正发着高烧，母亲抓住他的手，他从嘴角挤出

一丝微笑说:"妈妈,我终于等到你了。"说完他就晕了过去。

母亲把他抱到维罗纳的医院,医生都不敢相信,这个体重只有20多斤的孩子竟然快满9岁了。严重的营养不足加上发烧正在摧毁着他的身体,他的母亲天天都拉着他的手在他耳边说:"好儿子,妈妈回来了,我们不能够放弃,永远不能够放弃!"就这样,他在维罗纳的医院躺了一个多月,终于缓过来了。

他的母亲从他住进医院的第一天,就决定了要带着他投奔在美国从事物理研究的哥哥,因为母亲不希望他未来的生活再次出现颠沛流离。

在美国,他对学习展现了极大的热情,并且在哈佛大学取得生物博士学位,开始了人类遗传学和生物学的研究。也许因为幼年时那段苦难生活的磨炼,他在自己的研究工作中即使遇到天大的困难,也从来没有产生过放弃的念头。

他就是2007年诺贝尔奖获得者、美国犹他大学医学院人类遗传学与生物学杰出教授——马里奥·卡佩奇。人们在他获得诺贝尔奖后采访他,他笑着对采访他的人说:"我为什么成功?就因为我从来都不懂得什么叫做放弃!"

❋ 刘述涛

🌸 抗挫小语 🌸

不得不感叹马里奥的人生真是个奇迹,经历那么多的苦难,尚能笑傲人生。其实,苦难就是这样,经历了它,战胜了它,我们就会变得越来越强壮。经历的苦难越多,世上能压倒你的苦难就越少,你就会更加懂得什么叫坚强!

(陈 军)

哈得孙河畔的椅子

他真的站起来了，而且站得更高。支撑他的，不是残腿，而是一种向上的精神。

他原本是个顺风顺水的孩子，除了小时候因为牙齿长得丑陋而被同学耻笑之外，他似乎没有更大的烦恼了。哈佛大学毕业后不久，他开始从政，一切顺利，再也没有人嘲笑他的牙齿，因为他懂得用语言和能力去弥补牙齿的不足。三十多岁时，他的事业已经达到了令人羡慕的高度。一切看来尽善尽美，然而就在这时，一场灾难降临了。

那年他们全家出去度假，遭遇了意外——他跳进冰冷的河水里救人，不幸患上了脊髓灰质炎。虽然经过治疗病情有了好转，可他的腿却永远也不能像正常人那样走路了，这对于事业正如日中天的他来说真是一个致命的打击。他一度万念俱灰，丧失了信心与勇气。在家人的劝说和安抚下，他回到家乡的哈得孙河畔散心。每天都坐在河边垂钓，看着河水静静地流淌，可他的心却无法平静下来。

每天钓鱼的时候，他身边总有一个中年人也在钓鱼。那个中年人坐在一把小椅子上很是悠闲。有一天，两人在等鱼咬钩的时候闲聊起来，他了解到中年人是个木匠。木匠自豪地对他说："我平生做得最好的就是木椅，什么样式的椅子我都能做，而且能做得最好！你看,我现在坐的这把小矮椅就是我亲手做的!"他看了看木匠的那把椅子,样式和做工的确无可挑剔。木匠等着他的赞美,可他却说:"要是这把椅子缺了一条腿会怎么样,它还能站得住吗？"木匠瞥了他一眼,没有说话。

第二天,木匠来到河畔,向他扬了扬手中的椅子大声说:"你看,三条腿的椅子!"果然,那椅子只有三条腿,却是均匀分布,放在地上站得稳稳的。木匠一屁股坐上去,说:"怎么样?三条腿的椅子也能站住吧!"他却冷冷地说:"如果再缺一条腿,它还能站住吗？"木匠一怔,一言不发地收拾好刚架好的钓竿,拎起那把椅子转身走了。下午的时候,木匠又来了,手里拿的椅子竟真的变成了两条腿!木匠把椅子往地上一放,也是站得稳稳的。原来,木匠在每条腿上都钉了约一尺长的横木,像两只脚一样。这回轮到他说不出话来了。

第三天他刚在河边坐下,木匠就来了。这回木匠带来了两把椅子。他震惊地发现,这两把椅子竟都是一条腿的。一把椅子的腿极粗,像个木墩,放在地上真是稳稳当当的。而另一把椅子的腿却极细极长,像一颗钉子一样。木匠把细腿的椅子用手扶住,用锤子用力地敲打了几下,那条腿便被钉进地里去了。进去一半的时候,椅子就站住了。木匠往上边一坐,椅子竟一动不动。他看着木匠和那两把椅子,惊讶得目瞪口呆。木匠得意地说:"你看,一条腿的椅子都能站住,要是没有腿那还站得更稳呢!"

他以手撑地,艰难地站起来,对着木匠深深鞠了一躬,说:"谢谢你,是你让我重新站了起来!"他向城里慢慢地走去,有一种力量充盈在心中。他后来真的站起来了,而且站得更高。支撑他的,不是残腿,而是一种向上的精神。他在美国总统的位置上连任四届。是的,他就是富兰克林·罗斯福,一个站在世界最高峰上的巨人。

这五把椅子据说已被罗斯福收藏起来，后来陈列于美国某个博物馆中。隔着遥远的时空，我仿佛看到了那五把椅子站立的身姿。

❋ 包利民

❦ 抗挫小语 ❦

在现实生活中，当我们真正遭遇挫折，面对失去时，我们选择逃避、哀叹命运的不幸，还是鼓起勇气重新拼搏呢？前者只会给我们带来撕心裂肺的痛苦，而后者却让我们有了再一次走向成功的机会。失去并不意味着放弃，但放弃必定导致永远的失去。人生路上，在忧患中奋进，在逆境中崛起，才能有胜利的保证！

（陈 军）

卖过爆米花的总统

他的人生犹如一部讲述成功的传奇电影，激励着千千万万家境贫穷、身陷逆境的年轻人。

喧嚣的街道上，一个男孩正在叫卖爆米花。他穿着破旧，瘦小的身体似乎一阵风就能把他刮走。他头戴一顶与他身材极不相称的硕大的草帽，来来往往的人们对他视而不见，把他

挤得东倒西歪、踉踉跄跄。为了防止头顶的草帽被碰掉,他只能抽出一只手来死死地抓住草帽的帽檐。突然,他头上的帽子被人揭了去。他抬头一看,母亲正用严厉的目光盯着自己。

这个卖爆米花的男孩出生在一个贫困的家庭,父亲在一家牧场工作,母亲做一点水果生意。一贫如洗的生活让他在幼年时期就饱尝了人间冷暖和生活艰辛。在上小学的时候,由于家里穷,他经常饥一顿饱一顿,饿得浑身没有一点力气。有时,为了补充一下体力,他不得不靠喝水来充饥。为了补贴家用,小小年纪的他就开始在上课之余靠卖爆米花和面饼挣钱。有一次,他违反规定在军队驻地外面卖面饼,被当兵的抓住并挨了打。

身上的伤痛于他而言算不了什么,让他感到难以承受的是心理上的压力。在那个时候,他感觉在大庭广众之下卖爆米花很丢人,从事这份看似卑微的工作,让他觉得很难为情。于是他就找一个大大的帽子戴在头上,这样别人就不会认出他了。他为自己的聪明而感到得意。

而这一次,他的秘密被母亲发现了。母亲好像看透了他全部的心事:"为什么要挡住脸?没偷没抢,靠自己的力气赚钱,这是堂堂正正的事情。你应该为此感到自豪!"母亲的话让他深深震惊,是啊,靠自己的双手挣钱有什么丢人的呢?从此,他把遮羞的草帽抛到了一边,卖爆米花的时候也充满了勇气和热情。

初中毕业后,男孩虽然成绩优秀,但因为家里太穷了,也没打算上高中。在他人生最关键的时刻,老师说服了母亲,让天资聪颖的他上了所高中夜校。他白天工作挣钱,晚上去上学。即使是这样,他的成绩一直在全校保持第一名,并获得了奖学金。高中毕业后,他一边做苦力,一边精心准备考大学。多年付出的汗水终于获得了回报,他顺利考取了一所大学。

苦难似乎总是与他如影相随,考上大学并没有给他的命运带来了转机。与之相反的是，23 岁那年，他因参加一项政治运动，而被判处有期徒刑 3 年，缓期 5 年，并在监狱里服刑 6 个月。入狱后，母亲去探望他，并告诉他：应该按照自己的信念去行动！在处于人生最低谷的时候，是母亲的鼓励重新给他注入了勇气。

从监狱出来后，他进入了一家大型集团公司工作，从普通职员做起，凭借出众的才华、热情和勇气，他在公司受到了重用，一直做到了总裁职位。

商而优则仕，政治上的卓越才能让他当选了祖国首都的市长。在任 4 年间，他所推行的"绿色革命"令城市面貌大为改观，为他赢得了"绿色市长"的美誉，成为这个国家人气最高的市长，并最终在 2007 年 12 月 19 日的总统大选中，以压倒性优势胜出。作为该国首个企业家"总统"，他说："我只是要做这个国家的 CEO，而不是最高权力者"。

如今他的故事已在世界各地传播，他的人生犹如一部讲述成功的传奇电影，激励着千千万万家境贫穷、身陷逆境的年轻人。他说：我的人生之所以能够成功，都是因为有了母亲的教诲。

他，就是韩国总统李明博。

清　山

抗挫小语

身处竞争激烈的当代社会，有人把成功和失败通通归结于自身的能力和外界的机遇，而智者却归结于坚持奋斗的信念。将出海而收帆，就体会不到大海的惊涛骇浪；望高峰而却步，就欣赏不到极顶的风光。走向成功的路看似很难，但只要我们有战胜一切挫折的信念，成功必将是水到渠成的。

（陈　军）

化蛹为蝶

> 妈妈,听说每一只漂亮的蝴蝶,都是自己冲破束缚它的茧之后才变成的。我一定要讲好话,做一只漂亮的蝴蝶。

加拿大有一男孩,小的时候说话口吃,曾因疾病导致左脸局部麻痹,嘴角畸形,讲话时嘴巴总是向一边歪,而且还有一只耳朵失聪。

听一位医学专家说,嘴里含着小石子讲话可以矫正口吃,小男孩就整天在嘴里含着一块小石子练习讲话,以致嘴巴和舌头都被石子磨烂了。母亲看后心疼得直流眼泪。她抱着儿子说:"孩子,不要练了,妈妈会一辈子陪着你。"男孩一边替妈妈擦着眼泪,一边坚强地说:"妈妈,听说每一只漂亮的蝴蝶,都是自己冲破束缚它的茧之后才变成的。我一定要讲好话,做一只漂亮的蝴蝶。"

后来,这个小男孩能够流利地讲话了。他勤奋并善良,中学毕业时他不仅取得了优异成绩,而且还获得了极好的人缘。事业有成以后,1993 年 10 月,他参加总理大选。他的对手大力攻击、嘲笑他的脸部缺陷,而且曾极不道德、带有人格侮辱地说:"你们要这样的人来当你们的总理吗?"然而,对手的这种恶意攻击却招致大部分选民的愤怒和谴责。当人们知道他的成长经历后,都给予他极大的同情和尊敬。在竞选演说中,他诚恳地对选民说:"我要带领国家和人民成为一只美丽的蝴蝶。"最后他以极高的票数当选为加拿大总理,并在 1997 年成功地获得连任,他便是被加拿大人民亲切地称为"蝴蝶总理"的让·克雷蒂安。克雷蒂安自强不息,终于使人生发生了蜕变,登上了辉煌的顶点。

苦难常常是成功的孪生兄弟。从 28 岁开始就被病痛折磨的契诃夫,在与病魔斗争的同时,写出了一系列享誉世界的杰出小说。海涅在生活的最后 8 年里,手足不能动弹,眼睛半瞎,躺在"被褥的坟墓"里,吟出了誉满全球的诗篇。

是的,人生并不完美。面对缺陷和不幸,我们千万别为其所累,作茧自缚,而应该用自信、自主、自强的意志之剑,将它刺穿,然后化蛹为蝶,在明媚的春光中翩翩飞翔,笑迎人生的灿烂与辉煌。

❋ 崔鹤同

🌀 抗挫小语 🌀

世界上每一个人都是被上帝咬过一口的苹果,都有着不完美。而有的人缺陷比较大,是因为上帝特别喜爱他的芬芳。抱着这样乐观的心态,我们就有了努力散发芬芳的勇气。化蛹为蝶的过程虽然艰辛,但只有经历过这样的挫折和痛苦,我们才能迎来化蝶后的缤纷人生。

(陈 军)

寻找疼痛的感觉

"老师,你就让我用这根针来寻找疼痛的感觉吧!"女孩笑着对医生说:"我需要疼痛的感觉!"

下课的铃声响了,漂亮的小女孩与很多同学一起从教室里出来。下楼梯的时候,狭窄的楼梯一直显得很拥挤,不知道是谁无意间推了小女孩一下,女孩跌倒了,后面的孩子们却没有注意到前面的情况,依旧一股劲地往前挤……

医生的诊断结果很快出来了:小女孩将要在轮椅上度过一生!她的中枢神经受到了很严重的创伤,下肢完全失去了知觉,基本没有恢复的希望。

从此,小女孩天天坐在轮椅上读书、写字,她的父母很伤心但绝没有灰心,他们带着女儿四处求医,面对着医生一次次的摇头,面对着女儿满是渴望的眼神,他们没有丝毫气馁。终于有一次,他们打听到一位会针灸的医生,据说很多瘫痪的病人经过他的治疗都重新站了起来。

然而,当小女孩坐在面前时,那位医生也是连连叹气,向小女孩的父母摇头。就在他们失望地准备带女儿回家的时候,女孩说她想留下来学习针灸,她说自己没了腿,但还有手,她自己无法行走,但可以帮助别人站立起来。

医生收下了她。一年、两年，女孩边读书边学习针灸，由于她聪明好学，深得医生的真传。一次，医生无意间发现女孩的腿上布满了密密麻麻的针眼，而这都不是针灸所留下的。后来，他知道了，原来女孩的身边还有一根长长的绣花针，刺在人身上会疼得要命的绣花针。在独自一人的时候，女孩会把那根绣花针轻轻地插入自己的肢体上，她的神情很安详。那红红的鲜血顺着针孔渗出来，深深地灼痛着医生的心，他一把抱过女孩，泪水夺眶而出。

医生想把女孩的那根绣花针扔得远远的，小女孩却阻止了他："老师，你对病人问得最多的是什么？"

医生回答说："你痛吗？"

"老师，你就让我用这根针来寻找疼痛的感觉吧！"女孩笑着对医生说："我需要疼痛的感觉！"

又是一年多，在一个阳光明媚的早晨，女孩再次把那根绣花针插到腿上，嘴里却不自觉地轻发出一声"呀"，随即她欢呼了起来，她感觉到了疼痛，她喜极而泣！

今天，女孩已经站了起来。她说，在这个世界上没有什么人需要疼痛的感觉，但她需要。她就用一根长长的绣花针努力地实践着，哪怕是让鲜血白白流出，哪怕是让秀腿布满伤痕。

医生也说，如果不是那根绣花针，或许女孩真的一辈子会在轮椅上度过，可以说是小小的绣花针给了她疼痛的感觉，给了她再次站立的机会。

我想，人生也一定如此吧！当我们在狂风暴雨中跌倒的时候，我们不能怨天尤人，更不能沉沦下去，我们需要的仅仅是一根绣花针，那小小的针尖可以帮助我们找到方向，使我们重新站立起来，并且可以让我们挺直腰杆，走得更远，也更坚强！

程立祥

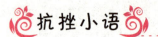 抗挫小语

一个人能从痛楚中发现惊喜，他该需要多大的勇气来热爱生活啊。罗曼·罗兰说过：生活这把犁，一方面割破了你的心，一方面掘出新的源泉。面对挫折、失败和不幸，我们要坚韧，有疼痛的感觉就有成功的希望。给自己一个支点，坚强走下去，这才是生命意义的真实写照。

（陈 军）

第**3**辑

把痛苦当做一种营养

一只河蚌说："我的身体里面有一粒很大的沙子，
我好痛苦。"另外那些河蚌听了都骄傲地说：
"感谢上天，我们身体里面毫无痛苦，
我们里里外外都很健全！"
此时，一只螃蟹恰巧从旁边经过，
听了它们刚才的谈话，便对那些骄傲的河蚌说：
"是的，你们是快乐的，然而，你们知道吗？
它体内承受的痛苦，
未来将会孕育出一颗异常宝贵的珍珠啊！"
把痛苦当成一种营养，人生也能孕育出光芒四射的珍珠。

苦难是财富还是屈辱

苦难，是财富还是屈辱？当你战胜了苦难时，它就是你的财富；可当苦难战胜了你时，它就是你的屈辱。

在一次聚会上，著名的汽车商艾顿向他的朋友，后来成为英国首相的丘吉尔回忆起他的过去——他的父母早逝，是姐姐靠帮人洗衣服、干家务，辛苦挣钱将他抚育成人。但姐姐出嫁后，姐夫将他撵到舅舅家。舅妈更是刻薄，在他读书时，规定他每天只能吃一顿饭，还得收拾马厩和剪草坪。刚工作当学徒时，他根本租不起房子，有将近一年多时间是躲在郊外一处废旧的仓库里睡觉……

丘吉尔惊讶地问："以前怎么没听你说过这些呢？"艾顿笑道："有什么好说的呢？正在受苦或正在摆脱受苦的人是没有权利诉苦的。"

这位曾经在生活中失意、痛苦了很久的汽车商又说："苦难变成财富是有条件的。这条件就是，你战胜了苦难并远离苦难不再受苦。只有在这时，苦难才是你值得骄傲的一笔人生财富。别人听着你的苦难时，也不觉得你是在念苦经，只会觉得你意志坚强，值得敬重。但如果你还在苦难之中或没有摆脱苦难的纠缠，在这个时候你如果说你正在享受苦难，无异于就在请求廉价的怜悯甚至乞讨……"

艾顿的一席话,使丘吉尔重新修订了他"热爱苦难"的信条。他在自传中这样写道:苦难,是财富还是屈辱?当你战胜了苦难时,它就是你的财富;可当苦难战胜了你时,它就是你的屈辱。

❋ 潘 杨

🌸 抗挫小语 🌸

苦难是生命旅途中一道不可或缺的风景。一颗华丽而饱满的珍珠虽让孕育她的河蚌饱受磨砺,可它却成了河蚌最具价值的财富。苦难对于我们,是财富还是屈辱,全在于我们是否拥有战胜它的信念。

(曾芸芸)

当人生进入黑夜

若年轻时便一帆风顺,终其一生,也只不过看到一个太阳;重要的是,当你的人生进入黑夜时,你是否能看到更远、更多的星星?

有一个年轻人,在路上与他在求学时期的老师巧遇,老师关心地询问年轻人的近况。年轻人将自己从离开学校到进入目前的公司之后的遭遇,一五一十地对老师尽情倾诉。

老师耐心地听着年轻人的抱怨,好不容易等到年轻人告

一段落,才点点头说:"看来,你的状况似乎不是十分理想。不过,重要的是,你有没有想过要改变这种现状,让自己过得好一点呢?"

年轻人急忙回答:"我当然想要过得更好呀。老师,有什么诀窍吗?"

老师神秘地笑了笑:"的确有诀窍,你明天晚上若是有空,到这个地址来找我!"说着,老师递了张名片给年轻人。

第二天晚上,年轻人来到老师的住处,那是在市郊的一处简陋平房。老师看到年轻人,高兴地在屋外摆了两张凉椅,要年轻人坐下来陪他聊天、看星星。老师扯东道西地和年轻人聊了半晌,年轻人毛躁起来,急着要老师告诉他,如何才能使自己过得更好。

老师微笑着指着天上的星星说:"你可以数得清天上有多少颗星星吗?"

年轻人抓了抓头:"当然数不清了,可这和我如何改变现状有什么关系呢?"

老师望着年轻人,语重心长地说:"孩子,在白天,我们所能看到最远的东西是太阳;但在夜里,我们却可以见到数不清的星星。我知道你的处境不顺利,但若年轻时便一帆风顺,终其一生,也只不过看到一个太阳;重要的是,当你的人生进入黑夜时,你是否能看到更远、更多的星星?"

✳ 一 鸣

🌹 抗挫小语 🌹

人生在进入黑夜的时候,可以看到更远、更多的星星。同理,走的路越泥泞,就可以留下越深的脚步!生活中随时可能遇到阴暗面,也随时可能遭遇挫折,关键是看你如何对待。换一种心态,就可以收获不同的人生!

(曾芸芸)

经验教训缺一不可

对于才能来说,没有教训与没有经验一样,都不能使人成大器。

有个渔人有着一流的捕鱼技术,被人们尊称为"渔王"。然而渔王年老的时候非常苦恼,因为他的三个儿子的渔技都很平庸。

于是他经常向人诉说心中的苦恼："我真不明白，我捕鱼的技术这么好，儿子们的技术为什么这么差？我从他们懂事起就传授捕鱼技术给他们，从最基本的东西教起，告诉他们怎样织网最容易捕捉到鱼，怎样划船最不会惊动鱼，怎样下网最容易请鱼入瓮。他们长大了，我又教他们怎样识潮汐，辨鱼汛……凡是我长年辛辛苦苦总结出来的经验，我都毫无保留地传授给了他们，可他们的捕鱼技术竟然赶不上技术比我差的渔民的儿子！"

一位路人听了他的诉说后，问："你一直手把手地教他们吗？"

"是的，为了让他们得到一流的捕鱼技术，我教得很仔细很耐心。"

"他们一直跟随着你吗？"

"是的，为了让他们少走弯路，我一直让他们跟着我学。"

路人说："这样说来，你的错误就很明显了。你只传授给了他们技术，却没传授给他们教训，对于才能来说，没有教训与没有经验一样，都不能使人成大器。"

❀ 包利民

🌸 抗挫小语 🌸

路是自己走出来的，当我们在长辈的搀扶下开始学习行走，只有放开搀扶的手，我们才会跌跌撞撞地学会走路。人生也是如此，只有在经历无数次的跌倒和爬起后，我们才会到达目的地。

（曾芸芸）

因为缺憾，所以美丽

我明白你有缺陷，因此我善加利用，在你那边的路旁撒了花种，每回我从溪边回来，你就替我一路浇了花！

在深山中，有一位得道的高僧。他每天都会到山下去挑水。他有两个水桶，分别吊在扁担的两头，其中一个桶有裂缝，另一个则完好无缺。在每趟长途挑运之后，完好无缺的桶，总是能将满满一桶水从溪边送到主人家中，但是有裂缝的桶子到达主人家时，却剩下半桶水。

两年来，这位高僧就这样每天都从山下挑一桶半水到自己的住处。当然，好桶对自己能够送满整桶水感到很自豪。而破桶对于自己的缺陷则非常羞愧，它为只能负起一半的责任，感到很难过。

饱尝了两年失败的苦楚，破桶终于忍不住，在小溪旁对高僧说："我很惭愧，必须向你道歉。""为什么呢？"高僧问道，"你为什么觉得惭愧？""过去两年，因为水从我这边一路地漏，我只能送半桶水到你家里，我的缺陷，使你做了全部的工作，却只收到一半的成果。"破桶说。高僧替破桶感到难过，他满怀爱心地说："我们在回家的路上，请你留意路旁盛开的花朵。"

果真，他们走在山坡上，破桶眼前一亮，看到缤纷的花朵开满路的一旁，沐浴在温暖的阳光下。这景象使它开心了很多！但是，走到小路的尽头，它又难受了，因为一半的水又在路上漏掉了！破桶再次向高僧道歉。高僧温和地说："你有没有注意到小路两旁，只有你的那一边有花，好桶的那一边却没有开花？我明白你有缺陷，因此我善加利用，在你那边的路旁撒了花种，每回我从溪边回来，你就替我一路浇了花！两年来，这些美丽的花朵开满了山路，成为路人眼中的风景，难道这不是一件功德无量的事情吗？"

抗挫小语

破桶漏水，自然挑不回满桶的水，但它却浇灌出了路旁美丽的花朵；我们也是如此，人生中的缺憾，换个角度善加利用，也可以成就另一份美好。关键是如何看待人生的缺憾，你把它当成风景，它就会美丽你的人生！

（曾芸芸）

"伤害"也是成长的机会

在挫折当中，可以学到的东西更多；在遭到所谓"伤害"的同时，你将会得到更佳的成长机会！

传说中，在中国远古的战场上，曾经有一名士兵被敌人的一种小箭射中了,他的同僚赶忙过去救他。

当同僚赶到时,他们发现,这个被小箭射中的士兵,不但没有死,甚至也没有受伤;更离奇的是,他的伤口并不是很痛,也没有流出很多的血。

这名士兵的同僚们,把他的箭拔出来,送他回后方养伤。经过一段日子,发现他原先早已罹患的某些疾病,在这一次箭伤之后,居然发生慢慢改善的现象。

没多久,在战场上,另外一名士兵也被箭射中了,竟然又出现同样的现象;经过战场上的军医观察发现,有许多士兵都出现了这样的情况。

有几位比较敏感的军医,注意到这样的一种现象,深入地加以研究,慢慢得到结论,就依照他们的研究成果,发展成了今天中医学上独具特色的针灸疗法。

据说,这场因箭伤而发展成针灸医术的战役,已经是两千六百年前的事情了。

在生命当中,不断隐藏着大自然将要启示我们的重要奥秘,就看我们自己是不是有足够的细心与智慧,能够正确地将它发掘出来。

下一次,若是有人故意用恶毒言语的小箭射中你,你是要沉溺在伤口的痛苦当中,还是要试着从其中找出可以医治更多人的绝妙医术呢?

人生当中有许多遭受"伤害"的机会;更有许多人,喜欢用"受到伤害"作为借口,来逃避许多自己必须面对的重要责任。但是,千万别忘了,除非你自己愿意,否则没有任何人可以伤害你。

但愿你能记住,在挫折当中,可以学到的东西更多;在遭到所谓"伤害"的同时,你将会得到更佳的成长机会!

抗挫小语

　　我们都希望自己的未来一帆风顺，我们都祈愿挫折和困难远离我们的生活，但是，人生不可能没有风浪，更不会没有挫折和困难。如果我们勇于接受挫折的洗礼，懂得在经历挫折之后进行反思，我们会发现，挫折正是我们进步的源泉。

（曾芸芸）

困境即是赐予

　　一个障碍，就是一个新的条件，只要愿意，任何一个障碍，都会成为一个超越自我的契机。

　　有一天，素有森林之王之称的狮子，来到了天神面前："我很感谢你赐给我如此雄壮威武的体格、如此强大无比的力气，让我有足够的能力统治整片森林。"

　　天神听了，微笑地问："这不是你今天来找我的目的吧！看起来你似乎为了某事而困扰呢！"

　　狮子轻轻吼了一声，说："天神真是了解我啊！我今天来的确是有事相求。因为尽管我的能力再好，但是每天鸡鸣的时候，我总会被鸡鸣声给吓醒。神啊！祈求您，再赐给我一个力量，让我不再被鸡鸣声给吓醒吧！"

天神笑道："你去找大象吧，它会给你一个满意的答复的。"

狮子兴冲冲地跑到湖边找大象，还没见到大象，就听到大象跺脚所发出的"砰砰"响声。

狮子加速地跑向大象，却看到大象正气呼呼地直跺脚。

狮子问大象："你干吗发这么大的脾气？"

大象拼命摇晃着大耳朵，吼着："有只讨厌的小蚊子，总想钻进我的耳朵里，害我都快痒死了。"

狮子离开了大象，心里暗自想着："原来体型这么巨大的大象，还会怕那么瘦小的蚊子，那我还有什么好抱怨的呢？毕竟鸡鸣也不过一天一次，而蚊子却是无时无刻地骚扰着大象。这样想来，我可比它幸运多了。"

狮子一边走，一边回头看着仍在跺脚的大象，心想："天神要我来看看大象的情况，应该就是想告诉我，谁都会遇上麻烦事，而它并无法帮助所有人。既然如此，那我只好靠自己了！反正以后只要鸡鸣时，我就当做鸡是在叫我起床，如此一想，鸡鸣声对我还算是有益处呢！"

❋ 凝露

🌸 抗挫小语 🌸

人生之路，有巅峰，也有低谷。我们经常抱怨前方的路障碍重重，我们也常常希望上帝能扫平一切障碍。殊不知，面对困境，怨天尤人和幻想只会为我们的心情增添忧愁，坦然面对才是解决之道。就像故事里的狮子那样，换个角度，我们会发现，正因为有了挫折，我们的人生才变得充实。

（曾芸芸）

优雅的科学独行者

世界就是这样终结的，不是伴着一声巨响，而是伴着一声呜咽。

　　难以想象，如此优雅的美感，竟能在一个物理学家身上得到完美地演绎。

　　他总是无瑕疵地穿着做工考究的西装，其颜色在秋冬季变化于深黑和深灰之间，而在春夏季则变化于浅灰和棕黄色之间。他爱好文学和音乐。他是世界上唯一在方程式中使用哥特体字符的科学家。据说在所有用英语写作的科学论文和书籍中，他的语言是最优美的。

　　他叫钱德拉塞卡，原本是个有点羞涩的印度青年。19岁那年，他因成绩优异获得政府奖学金，只身乘船前往英国剑桥求学。在长达十几天的漫长航行中，他奇迹般地初步计算出一个结果——在当时，恒星的白矮星阶段被认为是一切恒星演化过程的最终阶段，但是钱德拉塞卡的计算表明，当恒星质量超过某一上限时，它的最终归宿将不会是白矮星。

　　经过在剑桥的学习，钱德拉塞卡逐步完善了自己的发现。在1935年皇家天文学会的会议上，这个24岁的青年终于得到宣读自己论文的机会。

　　如果一切顺利的话，他年纪轻轻就将功成名就。然而，事情的发生是如此突然。

　　当钱德拉塞卡在会上读完自己的论文，当时天体物理学界的权威爱丁顿走上讲台。他当众把钱德拉塞卡的讲稿撕成两半，宣称其理论全盘皆错，原因是它得出了一个"非常古怪的结论"。听众顿时爆发出笑声，会议主席甚至没有给这位年轻人答辩的机会。

　　会议结束后，几乎所有人都走到钱德拉塞卡跟前，说："这太糟糕了，太糟糕了……"

　　"世界就是这样终结的，不是伴着一声巨响，而是伴着一声呜咽。"多年后，钱德拉塞卡仍然记得自己当时的自言自语。

　　与爱丁顿的争论持续了几年，没有一个权威科学家愿意站出来支持钱德拉塞卡。最后，他终于明白应该完全放弃这个研究课题。在1937年到了芝加哥大学以后不久，他把自己的理论写进了一本书里，然后不再去理会它。

　　差不多30年后，这个后来被称为"钱德拉塞卡极限"的发现得到了天体物理学界的公认。然后又过了20年，钱德拉塞卡获得了诺贝尔奖。1983年，当他从瑞典国王手中接过诺贝尔奖章时，已是两鬓斑白的垂垂老者。

　　此时，回顾年轻时的挫折，钱德拉塞卡却已有了不同的看法。"假定当时爱丁顿同意自然界有黑洞……这种结局对天文学是有益处的，"他说，"但我不认为对我个人有益。爱丁顿的赞美之词将使我那时在科学界的地位有根本的改变……但我的确不知道，在那种诱惑的魔力面前我会怎么样。"

　　的确，有多少年轻人在功成名就之后，还能长久保持青春活力呢？为何即使是麦克斯韦和爱因斯坦，也同样未能始终如一？

❀ 何妙福

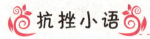

抗挫小语

在荣誉面前容易停滞不前,在挫折面前却能保持清醒头脑,这是许多科学家回首往事时得出的共同结论。所谓"骄傲使人落后,谦虚使人进步"说的也正是这个道理。所以,年轻时候的挫折与坎坷,其实是人生最大的恩赐!

(曾芸芸)

接 受 打 击

打击是难免的,也正因为有了打击,生命中潜藏的美好品质才会释放出来。

有一个女孩年轻漂亮,却命运多舛,总有挫折、打击伴随着她。她年纪轻轻,目光却悲凉似秋,心境更是荒芜。

有一天她终于禁不住心灵的压力,向一个好友倾诉了自己的失意,说:"受的打击太多太重,我的心已经碎了!"

好友没有说什么,只是拉她去散心。出门前好友不小心把一个香水瓶碰落到地上摔得粉碎,一股香香的味道便弥漫开来。

在城南的山上,她们无言地走着,正是初夏,阳光柔柔洒洒,百花开放,山顶寺庙的红墙忽隐忽现,一切都使人忘忧。

好友对她说:"如果你有更多的苦痛,不妨都说出来吧!"她慢慢地讲述着,痛苦的往事又一次浸透她的心!

讲完后,好友对她说:"你讲的一切都很凄美,相信许多年后会成为你幸福的回忆!打击是难免的,也正因为有了打击,生命中潜藏的美好品质才会释放出来。就像那个香水瓶,只有打碎后它的香味才会散发出来。所以说心碎并不一定是永久的痛苦,也许是一种生命美好的绽放。就像这些盛开的花,每一朵的开放都是花心的破碎,而花心的破碎造就了一朵花的美丽!同样,一个人的心即使接受打击也可以造就美丽的人生!"

这时已夕阳西下,山上的古寺中传出了一声声悠扬的钟声,使人俗念顿消。

在下山的途中,女孩忽然顿悟:人生就如一座大钟,只有在接受打击时才会释放出最美的心声;人生也像一弯流水,微小的打击只会击起美丽的涟漪,巨大的挫折则可以激发出惊涛拍岸的生命最强音!

接受打击吧,因为它可以把你的人生打造得更美丽辉煌!

❋ 包利民

❀抗挫小语❀

茶叶遇到沸水,才能释放出它本身蕴藏的清香;而生命,在遭遇一次次的挫折和痛苦后,才能留下一脉脉人生的清香。有了打击,才会使你释放本身的潜能,你生命中潜藏的那些美好品质就会像经历严冬后的小草,萌发出最美的绿意! (曾芸芸)

受伤的苹果树

别总抱怨为什么受伤的总是我，只有经历了挫折和伤害，集中力量及营养在开花结果上，才能绽放出灿烂的花，结出硕大的果，散发出迷人的生命的馨香！

他是一个敏感的人，敏感的人往往很容易遭受挫折。

在与人交往中，别人不经意的一句话、一个不友好的眼神都让他思虑再三，不时受着心灵的煎熬，所以他经常受伤。他也不愿意经常待在家里，因为父亲想让他成为一个成功的商人或者在政府部门任职，而他接连让父亲失望。在父亲眼里，他是一个彻底的失败者，十足的无用之物，所以父亲见到他，经常咆哮着骂他。

他对祖父的农场很感兴趣，甚至有段时间他想成为一个农夫。在祖父的农场，他向祖父不断抱怨，为什么我的性格是这样？为什么受伤的总是我？老人家并未言语，而是带他去苹果园转转。

在一棵倒下的高大苹果树前，他们停下了。祖父问道："你看这棵树和周围的苹果树相比有何特别？"他答道："这棵树比周围的苹果树高多了，但主干较细，枝叶也较密，小枝条多，而且结出的果实也又少又小。"老人呵呵一笑道："不错，你的观察很细腻也很正确。它是6年前种的，那时心太软，不忍让它受伤,总舍不得折断它的主干,清理它多余的枝条,结果它只知空洞地生长而不结果,两年前才开始为它剪枝。这两年结了些果实,可零零星星就那么几个,但昨夜一场暴风雨把它给折断了。"接着,祖父又感叹说:"没有经历过挫折伤痛,碰上真正的打击就把它给毁灭了。"

又走到一棵枯树前,祖父问道:"你看这棵树和周围的苹果树有什么不同?"他答道:"死树,主干粗,有许多树枝折断的痕迹,树身有疤痕。"祖父说:"我种下它的第一年就把它的主干给折断了,并且每年剪枝压枝,它第三年就结果了。可是去年,我剪枝剪得多了些,还在其支干上砍了几刀,没想到,竟不发芽了,现在已开始有朽木出现了。"稍稍一顿,祖父又指了指旁边的那棵苹果树,说:"它和那棵枯死的树遭受了同样的伤害,却坚强地活了下来,把营养及力量都用在了果实上,你看现在,高大粗壮,枝繁叶茂,硕果累累。"

接着,祖父陷入了沉思。过了一会儿,仿佛喃喃自语道:"没有经历过挫折和伤害,看似很快乐地生长,其实很脆弱,在真正的风雨面前便会遭遇灭顶之灾。而遭受了伤害,自暴自弃,任伤口散发着糜烂的气息,只会成为一块朽木。别总抱怨为什么受伤的总是我,只有经历了挫折和伤害,激发了生命深层次的东西,集中力量及营养在开花结果上,才能绽放出灿烂的花,结出硕大的果,散发出迷人的生命的馨香!"

他若有所悟。

回到自己的生活轨道,他依旧经常受伤,可是,正因为如此,他对人性及生命有了更为深刻的体会与思考,并努力结果。不久,他这棵伤痕累累的大树便结满了令人叹为观止的果实。他写出了《地洞》、《变形记》、《判决》、《诉讼》、《城堡》等享誉世界的小说,而他本人也被誉为 20 世纪文学史上的杰出人物,现代文学的鼻祖。

他就是奥地利著名小说家弗兰茨·卡夫卡。

张建伟

🌸抗挫小语🌸

"没有经历过挫折和伤害,看似快乐地成长,其实很脆弱",
这句话是现今很多小朋友的真实写照!现在许多家庭的孩子,
受到亲人的过度娇惯和纵容,每天看似快乐地成长,却经不起
人生的任何风雨。学学那棵勇敢的苹果树吧,在挫折面前不自
暴自弃,记得自己的目标,积蓄力量来开花结果,终至成为最棒
的那棵树!

（曾芸芸）

用伤疤做勋章

凡是杀不死我们的打击,都将使我们变得更强壮。

走在林子里,你若仔细观察,会发现几乎每一棵树的树干
上都有疤,愈是年老粗大的树,树干上的疤就愈多。

树疤是怎么来的呢? 也许是哪个冬天,遇上风暴,枝上结
的冰太厚重,整枝折断掉落,枝与干分离的地方就出现了伤

口,日久结成疤;也许是夏日的雷电当头劈下,把部分枝干削去,留下了大片的疤痕;也许是某个秋天,旅人路过,用小斧砍下一枝做拐杖,留下了伤痕;也许它的枝条妨碍了人们行走,被人折断锯掉,留下了齐整的疤口……树干的疤痕虽然触目惊心,可是却无碍于老树认真积极的求生意志,那样的自爱自尊,努力活出自己美好的一生。

劈过木柴的人都知道,结疤的地方是树干最硬的地方。其他的地方一斧头下去也许就劈成两半了,若斧头落在树疤处,保证像碰到石头一样,会震得你虎口发麻,隐隐作痛。

这就是伤疤的作用。它是尊贵的苦难标记,更是崭新的坚固堡垒。伤过以后,它就再也不会受伤了,成了身体最坚硬的部位,让自身可以更顽强地面对人生,迎接挑战。

树疤让我想起了一位德国哲学家的话:"凡是杀不死我们的打击,都将使我们变得更强壮。"

❉ 舒 扬

🌀 抗挫小语 🌀

"凡是杀不死我们的打击,都将使我们变得更强壮。"多么富有哲思的一句话!老树经历刀锯斧削,留下的疤痕将成为它身上最坚硬的部分。我们经历打击坎坷,锻炼出来的心灵和体魄会更强健!

（曾芸芸）

值得恭贺的痛苦

你要做的，是努力识别出它的真实面貌，爱上它，并耐心看着它在岁月的蚌壳里磨砺、锻造，你最终会收获到一粒毫光四射的华美珍珠。

我过去教过的一个女学生，如今也做了教师。一天，她来找我，诉说起她内心的苦恼。

"老师，在您眼里，我一直是个'阳光女生'，对吧？可现在我天天被痛苦包围着，我的痛苦主要来自工作。我教两个班的语文课，已满负荷了，还担任一个班的班主任。我感觉自己像个陀螺，一天到晚转个不停。我感觉，累身是次要的，累心是主要的。在大学读心理学的时候，老师讲，你只要假装快乐，你就能快乐起来。我假装快乐，可我却快乐不起来。最可怕的是，我发现自己的痛苦除了来自于值得痛苦的事情之外，有的甚至来自不值得痛苦的事情。现在，我似乎习惯痛苦了。老师，说真的，我特想摆脱这痛苦。我觉得我的心理一定是有了某种疾病，我为自己的痛苦感到羞耻。"

我对她说："我理解你在痛苦中有多么无助。

"你仔细想过没有，实际上，这世界上的痛苦主要分为两大类，一类是'真性痛苦'，另一类是'假性痛苦'。'真性痛苦'是一种'丧失性痛苦'，'假性痛苦'则是一种'建设性痛苦'。'丧失性痛苦'源于人生的灾祸与不幸，失怙(hù 失去父亲)、失欢、失恋、失意、失业、失败、失去强健的体魄、失去敏锐的智慧……

这种痛苦像一把刀子，强行从身体上剐走了好端端的一块肉，你疼，却只有承受的份儿。这种痛苦是我们躲避不及的一种痛苦。而'建设性痛苦'却不是这样的，它是一种对人生成长有帮助的痛苦，好比小孩子易发的'生长性疼痛'，是'蹿个儿'的症候。一个人，尤其是青年人，如果是因为'被需要'而生出痛苦，那是一件可喜可贺的事。你想，那么多的人等着你来，那么多的事等着你做，你不妨将此看成许多的手一起把你往更深刻的人生意义上推。你要知道，人降生到这个世界上，就带着一包叫做'懒惰'的砒霜，它随时都想置你于死地。你苦，你累，你酸楚，你没时间搓麻、啜茶、逗鸟、弄花，这就对了，这就说明你的生命状态不是腐败，而是燃烧！初入职场的忙乱，让你把自己比作了陀螺。我想，就算你真是一只陀螺吧，你也要做一只敢于拾级而上的陀螺！自己成为自己的鞭子，自己给自己助威往上走。不诅咒痛苦，不怨恨痛苦，不惧怕痛苦，反把它当成挚友，感谢它赶来成全你，感谢它剥夺了你做庸人的权利。

"所以，你真的不必急于摆脱那痛苦。你要做的，是努力识别出它的真实面貌，爱上它，并耐心看着它在岁月的蚌壳里磨砺、锻造，你最终会收获到一粒毫光四射的华美珍珠。"

张丽钧

抗挫小语

蚌的壳里因为进了砂石，必然经受特别的痛苦，但年深日久，它分泌的"眼泪"将砂石层层包裹，便成就了璀璨夺目的珍珠！遭遇打击与挫折，必然承受难忘的痛苦，但岁月沉淀，我们得出的经验与教训，必将让我们从庸人中脱颖而出！（曾芸芸）

把痛苦当做一种营养

> 把痛苦当做一种营养,去浇灌坚韧与执著,人生之树就一定会茁壮成长,枝繁叶茂,开花结果。

她是一个命运不济的人。大学毕业后,她在伦敦漂泊,靠打零工糊口。一次,她去曼彻斯特寻找大学时的男友,却未能找到,只好乘车返回伦敦。在火车上她闷闷不乐,40分钟的路程,她一直望着窗外一成不变的英格兰乡村发呆、幻想。她是爱幻想的人,当她看着窗外那可怜的、黑白花奶牛时,她想到有一列火车载着一个男孩去巫师寄宿学校的情景。突然,一个灵感一闪:一个小男孩在得到魔法学校邀请前,也不知道自己是个巫师。为此,她浮想联翩,兴奋异常。

很可惜,那个6月的晚上她没有带笔,也没有带纸,她很失望,只好闭上眼睛,把浮现在脑海中的每个想法和细节都记住。回到家,她迅速潦草地把在火车上想到的写在一个廉价的小本子上。很快,这样的小本子就装满了一鞋盒。这时,她大胆地决定,要写书,要写成7本书!虽然她还是个未出版过作品的作家。

后来,她与葡萄牙的一名记者结了婚。但很不幸,最终丈夫抛弃了她,她带着出生仅4个月的女儿去了爱丁堡。在妹妹

的帮助下,靠政府的租房补贴租赁了公寓的一间房屋,她便在厨房的桌上完成了第一部作品的手稿。妹妹对她作品大为赞赏,这给了她很大的鼓舞。更令她稍感欣慰的是,她妹夫的公司在市中心购买了一家叫尼科尔森的咖啡馆,于是,每天她推着女儿杰西卡前往咖啡馆找一个安静的角落,在女儿熟睡的时候,专心她的写作。

就这样,1997 年 6 月 26 日,她的第一部作品出版了,一问世就引起了轰动。她就是畅销书科幻小说《哈利·波特与魔法石》的作者,英国的 J·K.罗琳。接着,她先后推出了这个系列小说的后六部。随着系列小说的发行,一股"哈利·波特"的热潮在全世界迅速掀起。如今,她的作品已被译成 60 多种语言,在200 多个国家和地区行销数亿册。她被英国女王伊丽莎白授予帝国勋章,美国《财富》杂志曾评选她进入世界百名财富排行榜,她的收入仅次于飞人迈克尔·乔丹。

罗琳成功了,她最爱说的话就是:"人生就是受苦。"尼采说:"受苦的人,没有悲观的权利。"是的,把痛苦当做一种营养,去浇灌坚韧与执著,人生之树就一定会茁壮成长,枝繁叶茂,开花结果。

崔鹤同

抗挫小语

　　罗琳是小朋友们都熟悉的作家，然而，跟所有成功的人一样，罗琳的成功，也是经历了无数的苦难后获得的！如果说人生是一粒种子，那挫折就是它的营养剂，只有接受了挫折的浇灌，我们的人生才会开出更明艳的花朵！

（曾芸芸）

第4辑

太阳每天都从我的窗前升起

一次,爱迪生的实验室发生大火。
眼看着所有的研究成果即将变成灰烬,
爱迪生的儿子焦急地四处找寻父亲,
却发现爱迪生竟然也挤在人群中平静地观看大火,
好像身旁无关的群众一样。
第二天,爱迪生面对化为灰烬地实验室说:
"感谢上帝,一把火烧掉了所有的错误,
我又可以重新开始了。"
67 岁的爱迪生忘记了大火,重建了实验室,
三个月后,发明了第一台留声机。
人总是容易活在过去的阴影中,
而忘了眼前的阳光,忘了太阳每天都从我们的窗前升起。

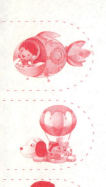

无发日

艾利森并没有买长长的金色假发，假装不曾有过脱发，相反，她买了一个齐肩的赭色假发。

　　如果你快到 16 岁了，请站在镜子前仔细观察自己的脸。当你发现自己的鼻子太大，脸上又长了一颗痘痘，头发不是金黄色的，英语课上的那个男孩还没注意到自己，这一切都令你痛苦不已。

　　艾利森从不为这些问题烦恼。两年前，她是个漂亮的姑娘，上 11 年级，有人缘又聪明。此外，她还是学校曲棍球队守门员和海滩救生员。她身材高挑修长，湛蓝的眼睛，一头浓密的金发，看上去不像学生倒更像泳装模特。但是那年夏天，情况有些变化。

　　一次，艾利森当了一整天的救生员后，迫不及待地想回家冲掉发间咸咸的海水，再梳理一下纠结成团的头发。她把浓密的长发甩到了脸前。"艾利！"她母亲叫道，"你干什么了？"她发现女儿头顶秃了一块。"是你剃的吗？会不会是你睡觉时别人剃的？"很快她们解开了谜团——艾利森肯定是用皮筋把马尾辫扎得太紧。这件事很快就被淡忘了。

　　三个月之后，她头上又出现了一块秃斑，接着又是另外一块。艾利森的头皮很快布满了少见的 25 美分硬币大小的秃斑。诊断认为不过是"压力过大"，治疗办法是局部涂药膏，一位专科医生开始给她的每处秃斑注射药物。为了遮盖她因注射而血迹斑斑的头皮，艾利森获准戴着帽子上学——通常这可是违反学校严格的着装规定的。小撮头发会从痂疤里钻出来，但长两周之后就脱落了。艾利森很遭罪，但她的病无药可治。

艾利森性格开朗，朋友们也很支持，这使她生活依旧，但有时还是会出现低谷。比如，一次妹妹头裹毛巾，走进她卧室梳头。当妈妈把毛巾解开时，艾利森看到一团浓密的头发在妹妹肩头荡来荡去。艾利森用两个指头紧紧夹住仅有的软塌塌的头发，眼泪夺眶而出。脱发以来，这是她第一次流泪。

随着时间推移，她戴帽子也无法遮掩住变秃的头皮，只得改扎一块大手帕。后来当剩下一小把头发时，她不得不买了顶假发。不过艾利森并没有买长长的金色假发，假装不曾有过脱发，相反，她买了一个齐肩的赭（zhě）色假发。为什么不呢？人们一直都在剪发和染发。艾利森的新形象增强了她的信心。但随着夏天的临近，艾利森变得焦虑不安。因为在水里不能戴假发，她可怎么再当救生员呢？"怎么了？难道你忘了如何游泳吗？"父亲问道。艾利森明白了父亲的意思。

她只有一天戴着一顶别扭的泳帽，后来就鼓起勇气露出了光头。尽管有不礼貌的目光和诸如"你们这些愚蠢的小孩为什么要剃光头"之类的话语，但艾利森还是适应了自己的新形象。

那年秋天返校时，艾利森光着头，眉毛和睫毛都掉光了，假发也被她塞到了衣橱深处。按照先前的计划，她仍参加了学生会主席的竞选，只对竞选演讲稿做了细微的调整。艾利森展示了一个有着许多像甘地一样著名领导人秃顶照片的幻灯片，引得学生们和教职员工捧腹大笑。

当选主席后，艾利森在首次讲话中说到了自己的病情，并对种种提问应答自如。她身穿一件胸前印有"糟糕发型日"一行字的 T 恤。指着自己的 T 恤，她说："当你们多数人早晨醒来不喜欢自己的样子时，不妨穿上这件 T 恤。"她又套上另一件 T 恤，接着说："但早晨醒来，我会穿上这件。"上面印着："无发日"。听到这儿，大家都欢呼鼓掌。聪明美丽又受人欢迎的艾利森曾经是校队守门员、海滩救生员，如今又是学生会主席，在讲台上对一切挫折与苦恼报以微笑。

✳ 周　宁/编译

🌺 抗挫小语

如果你也是艾利森的同学，你一定不吝把最热烈的掌声献给她。这样一个女孩，在我们多数人为自己的容貌而苦恼的时候，敢于正视自己的不足，勇敢地向人们展示她的"无发日"，反而赢得了尊重。我们要学习她敢于直面人生中的不足，把挫折巧妙地转化为动力的勇气和精神。

（曾芸芸）

丽莎的经历

美好快乐的事情会改变，痛苦烦恼的事情同样会改变。

幸福的丽莎马上就要做新娘了，经过忙碌的婚前准备，现在终于有时间可以停下来歇一歇。环顾着生活了 26 年的房间,丽莎忽然觉得有些陌生起来。视线掠过舒适的床铺、白色的桌椅和插在花瓶里的玫瑰,自己马上就要和这一切告别,到佛罗里达州开始新的生活。忽然,视线落在房间角落的一个纸箱上,那是妈妈前几天从阁楼里找出来的,是丽莎以前的旧物,妈妈让丽莎整理一下,看看是否有需要带走的东西。

打开箱子,一件件儿时的珍藏将丽莎带入过去的美好时光,拾起有些泛黄的日记,透过稚嫩的笔迹,丽莎仿佛看到了少女时代的自己。

"今天的活动课是我一生最痛苦的日子,安妮、贝蒂她们做出的折纸是多么的漂亮,而我的却是那样丑陋,全班的同学一定都在嘲笑我,最喜欢我的史密斯小姐也会对我失望的。我再也不想去上学了。"

看到这里,丽莎忍不住笑了。她不记得第二天有没有去上学,但史密斯小姐可是一如既往地喜爱着自己。而且,与长大后所经历的失败与痛苦相比,这简直不值一提。

翻过这一页,继续往下看。

"我非常非常的难过,凯瑟琳再也不是我最好的朋友了,再也不是了!"

丽莎有些吃惊,努力回想当年,到底是因为什么事和凯瑟琳发生争吵,以致达到要绝交的地步,却怎么也想不起来。丽莎轻舒一口气,算了,反正婚礼那天凯瑟琳是自己的伴娘这件事,是绝不会改变的。

又向后翻了几页,都是些当时"十分难受"、"非常伤心"或是"特别难忘"的事,但很多事在记忆里早已被淡忘,现在看来,根本就不算什么。

丽莎又发现日记本里夹着的一个信封,打开信纸,开头写着:"给我最爱的人!你的爱将伴我一生,我的爱,也永远不会改变！"看到这一句,丽莎眼前浮现出一个男孩儿的身影,他交给自己这封信时的情景仿佛还历历在目,曾经也以为他就是自己生命的全部,可是现在呢？丽莎只知道他的爱没有伴自己一生,自己的爱也早已改变。

经历了不算太多但也不少的事,丽莎早已明白,这个世界上没有什么是不可以改变的。美好快乐的事情会改变,痛苦烦恼的事情同样会改变。很多年后再回想从前,就会发现很多事情都已改变,而改变最多的,竟然是自己。

整理好旧物,丽莎向进来的妈妈一笑:"我已经准备好了,我会幸福的！"

🌸 抗挫小语 🌸

与丽莎一样,在我们每个人的成长过程中,总会遭遇一些烦恼与苦楚,等我们长大了,再回首往事,那些成功与挫折,那些欢笑与眼泪,都会成为记忆长河中最美的浪花！所以,不要害怕委屈与痛苦,不要拒绝挫折与苦难,微笑着勇敢地接受它们吧！

（曾芸芸）

生活并没有你想象得那么糟

谢谢你，又把甜蜜的生活给了我。现在所有的动物都出去了，我那可爱的小屋显得那么安静、宽敞、干净，我好开心啊！

有一个穷人与他的妻子、5个孩子、儿媳，生活在一间破旧、低矮的小木屋里，狭窄局促的居住环境与贫困的生活让他感到活不下去，于是他便去找智者求救。

穷人对智者说："我们全家那么多人住在一间小木屋里，太拥挤了，整天地争吵不休，这样的家简直就是地狱，我实在无法再活下去了！"智者问他家里还有什么，他告诉智者说，他家还有一头奶牛，一只山羊和一群鸡。智者说："你只要按我说的去做，情况自然就会好起来。"

原来，智者是让穷人回家去，把那些奶牛、山羊、鸡全带到屋里，与人一起生活，这样他就可以走出困境。穷人听后大吃一惊，但他事先已经答应要按智者说的去做，所以也只好如此行事了。

几天过后，穷人满脸痛苦地找到智者说："你给我出的什么馊主意？事情不但没有好起来，反而比以前更糟了，现在我家变成了真正的地狱，我真的活不下去了。"智者笑着对他说："好吧，你回去把那些鸡赶出小屋就好了。"

没过多长时间,穷人又来找智者,他仍然一脸痛不欲生的样子,哭诉说:"那只山羊撕碎了我房间里的一切东西,它使我的生活如同噩梦。"智者温和地说:"回去把山羊牵出屋就好了。"

后来,穷人又来了,他对智者说:"那头奶牛把我的屋子搞成了牛棚,人怎么可以与牲畜同处一室呢?"智者说:"那你赶快回家,把牛牵出屋去。"

最后,穷人一路小跑,满面红光地找到智者,对他说:"谢谢你,又把甜蜜的生活给了我。现在所有的动物都出去了,我那可爱的小屋显得那么安静、宽敞、干净,我好开心啊!"

挫折小语

其实,智者并没有教给穷人多么神奇的妙招,只是告诉了他一种处世的方法:以退为进的生活态度!当我们埋怨生活时,不妨给自己设定一个更坏的境地,这样你就会从平常的生活中发现最美的风景!遇到苦难时,不妨告诫自己世上还有更大的苦难,这样你就有了从容面对的信心!

(曾芸芸)

太阳每天都从我的窗前升起

他正站在窗前,推开了窗子,对着正在东升的旭日,大口地吸了一口气,坚定而又自信地说道:"多好,太阳每天都从我的窗前升起!"

对于我们每个人来说,生活似乎都是枯燥乏味单调无趣的。我们每天都在同一时间起床、吃饭、上班,每天都面对相同的面孔,做同样的工作,甚至重复相同的话语,做同样机械的动作。因此,我们当中很多人活得都不怎么起劲,我们慵懒、散漫,甚至消极、颓废,内心中充满了悲观情绪。

可是,一位盲人却改变了我对生活的全部看法,使我从头到脚焕然一新,像变了一个人似的。

这位盲人是我的邻居。

他是一位非常年轻的盲人,才二十几岁的年纪。他在16岁正值花季的时候,因为意外双眼完全失明了,靠拄拐杖一寸一寸地探寻着才能走路,生活很难自理,日子过得艰难。按我们的想法,他的内心中肯定非常痛苦,充满了悲哀和郁闷。

然而,不!

有一天,我家里一下子来了7个亲戚,地毯上都睡满了人,但还是住不开。天又太晚了,附近的旅店也肯定都关门了。没办法,我只好去敲这位盲人邻居的门,打算先借宿一夜,明天再说。这位盲人邻居很热情，摸索着，替我铺好了床，摆好枕头，听着我睡下了，才闭灯出去。

可是，躺在床上，我翻来覆去地久久不能入眠。这么年轻，这么善良，却双目失明，老天爷对他实在是太不公平了。我不禁替他惋惜，心中充满了怜悯之情。他的心里，也一定非常孤寂吧？就是在刚才，我还想安慰他几句，可是，看他见有人来了乐颠颠的样子，就闭上了口，没好意思把到了嘴边的话说出去。

第二天早晨，我还在睡梦中，忽然被一片刺眼的阳光给晃醒了。睁开眼睛一看，原来是那个年轻的盲人拉开了窗帘。我睡得太死，不知道他是什么时候进来的，也不知道他是什么时候起来收拾停当的。此刻，他正站在窗前，推开了窗子，对着正在东升的旭日，大口地吸了一口气，坚定而又自信地说道："多好，太阳每天都从我的窗前升起！"

我不禁一下惊呆了。

半晌，我才反应过来。

我忽然明白了，需要怜悯需要安慰的人不是他——那位双目失明的年轻盲人，而是我们自己。我们每天都看着太阳从东方一点一点地升起来，却从来也没有感到过万分欣喜。同样的太阳，对于我们来说，只是升在眼中，可是对于他来说，却是升在心里。

乐观和悲观，其实只是一线之间的距离。我开始为自己昨天夜里那种肤浅的想法感到羞愧不已。

而今，每天早晨起来，我都会像那盲人一样，飞快地打开窗帘，然后，推开窗子，面对着东升的旭日，大口地吸一口气，坚定而自信地面对这个令我充满快乐的世界说道：

"多好，太阳每天都从我的窗前升起！"

他他

抗挫小语

不论遭遇怎样的不幸，只要你还生活在这个地球上，每天就会有太阳从你的窗前升起！只要有太阳在，就有温暖在；只要有温暖在，就有希望在！盲人邻居身处那样的逆境，尚不埋怨、不悲观，我们有什么理由，忽视自己窗前升起的那一轮太阳？　　（曾芸芸）

人人都有会飞的翅膀

我们每个人都会得到上帝赠送的翅膀，那就是对生活的热爱和追求成功的信念。

汉斯·泰勒极不满意自己的形象。汉斯·泰勒的母亲在怀着他的时候，因误食了药物，使汉斯·泰勒一出生便是畸形。不但矮小，而且驼背、豁嘴、短臂短腿，再配上一对天生的招风长耳，那模样光用难看来形容，恐怕还不全面，更确切地说是滑稽。因为只要是第一次见到汉斯·泰勒的人莫不笑得岔了气。

为此，汉斯·泰勒很是自卑，他恨父母给了他难看的容貌，更恨那些取笑他这副长相的人们。他没有朋友，也没有哪个女孩愿意跟他交往，年过三十的汉斯·泰勒还沉醉在酒杯里，自暴自弃地度日。汉斯·泰勒曾经两次自杀未遂。一次是他准备开煤气自杀，另一次是在大冬天跳进了屋前的河水里，但都被他的母亲及时叫人将他救起。他对父母说，他这辈子是没希望了，他的父亲见他这样，除了唉声叹气也毫无办法。

只有他的母亲坚信，他不是一个废人。母亲说："他跟别人一样，也有一双会飞翔的翅膀，只是现在他的翅膀还没有足够丰满，没有足够的力量飞翔，但我相信，总有一天他会飞起来的。"汉斯·泰勒的父亲说："你就别再自欺欺人了，别人家的孩子像他这么大年龄的有的都当上了公司总裁，就是再差的也成家立业、娶妻生子了。你看他，我们还能指望他什么呢？"

汉斯·泰勒也不相信母亲的话。他说："别人哪一个不是生得高大威武，我却还没有一个凳子高。别人都有一双长腿，一双长臂，而我却有一双长耳朵！"汉斯·泰勒气急了，还用刀砍自己的耳朵，他觉得那双长耳朵是父母给他的最大的耻辱。可是，母亲却说："孩子，你不懂，我敢肯定，你的那对长耳朵是上帝送给你腾飞的翅膀，只是上帝将它安错了地方而已，但它并不影响你飞翔！"母亲的话成了汉斯·泰勒最后的安慰。

有一天，当刚喝完酒的汉斯·泰勒又在街上闲逛时，遇到了一个人。一般认识他的人都已经习惯了他的模样，所以表现得很平静，而那个人是第一次看到汉斯，所以当时便忍不住捧腹大笑起来。汉斯勃然大怒，他最见不得人如此笑话他，所以冲上去要跟那人拼命。由于长得矮小，而那人却生得高大，汉斯只得跳起来用巴掌去打那人的脸。汉斯·泰勒滑稽的模样让那人笑得更加厉害了。

最后，那人的同伴跟汉斯说明了真相。原来那人竟然是大名鼎鼎的导演威尔逊,他正在拍摄的一部影片里,刚好需要一个像汉斯·泰勒这样的喜剧角色。汉斯·泰勒的形象和他刚才的表演令威尔逊大为赞赏。当威尔逊说要请汉斯去当演员时,他不敢相信地问:"这是真的吗?像我这样一个丑陋无比的人,怎么能上荧屏当演员呢,你没有搞错吧?"

汉斯·泰勒果然不负威尔逊的厚望,以他滑稽的表演赢得了观众的掌声,一夜之间便闻名天下。特别是他的那对长耳朵,很多小孩子只要一见到他抖动耳朵,便兴奋得大声尖叫,还故意将自己的耳朵拉长,学着汉斯·泰勒的模样跟同伴逗乐。汉斯·泰勒成了孩子们的偶像,而他的那对长耳朵竟真的像一对会飞的翅膀一样,将他带进了一个光明的世界。

当汉斯·泰勒将父母接到一栋大别墅里跟自己一起居住的时候,汉斯·泰勒问母亲:"您当年怎么知道我的长耳朵是上帝送给我的会飞翔的翅膀呢?"母亲笑着说:"其实我们每个人都会得到上帝赠送的翅膀,那就是对生活的热爱和追求成功的信念。"

❀ 沈岳明/编译

❀ 抗挫小语 ❀

上帝对每一个人都是公平的,他也许没有给你美丽的容颜,但他给了你奋斗的动力;也许没有给你巨额的家财,但他给了你聪明的头脑。遇到挫折,我们也不能失去对生活的热爱和追求成功的信念。

(曾芸芸)

妈妈的黄瓜头儿

妈妈的黄瓜头儿挽救了她，是妈妈教会了她对待生活的态度。

　　一天，中央电视台《半边天》特别节目主持人张越采访一个女孩，女孩在谈她的妈妈。

　　"在我的记忆里，我们家的生活一直都比较艰难。小时候，每天清晨，我和妈妈一起到菜市场捡别人丢弃的菜叶。妈妈把所有的菜叶都捡起来，回家后洗净，那就是我们一家人的青菜。那时的妈妈留给我的记忆，永远都是穿着厚厚的棉袄，手冻得通红……"

　　在这种艰难的日子里，女孩一点点长大，小学、中学、高中。

　　张越问："这种艰难困苦的日子让你很自卑，是吗？听说，有一阵你想自杀？"

　　"是的，"女孩平静地说，"在同学面前我一直抬不起头来。我吃的、用的、穿的，永远都是最差的，我在班里沉默寡言，学习也中等。上高二那年，突然觉得生活没意思，就想结束自己的生命。"

　　"那是什么使你又改变了想法？"

女孩的眼里突然盈满了泪水："那天，我想最后看一眼妈妈，就来到妈妈的修车点儿。妈妈从工厂下岗后，就给人修车维持生计。在那些修车师傅当中，仅有两位是女人，妈妈就是其中一个。我看到妈妈旁边的柱子上比别人多挂着两样东西，一副羽毛球拍和一只饭盒。"

"你知道它们是干什么用的吗？"

"以前不知道，以前我很少去她那里。我问妈妈，妈妈说，羽毛球拍是在没生意的时候和别人一起锻炼用的，总是坐着会发胖。旁边的阿姨就插嘴说：'你妈妈总拉着我和她打球，你看我现在苗条多了。'说完她们还一起笑了起来。"

"那饭盒呢？是妈妈的午饭吗？"

"不是，那是一盒黄瓜头儿——吃黄瓜时掰下来的黄瓜尾巴，妈妈都留了下来。"

"做什么用的？"

"妈妈说用来美容，没事的时候她就用黄瓜头儿擦自己的脸。"女孩的泪水一下子流了出来，"我突然发现妈妈一直都是很爱美的，虽然我们很穷，可我从未见她愁过，她一直都是很乐观的。"女孩有些哽咽了，"我想如果我死了，就太对不起她了……我在她那里坐了一会儿，就回到了学校，从此再没有产生过这样的念头。"

女孩现在已经上了大学。她说，是妈妈的黄瓜头儿挽救了她，是妈妈教会了她对待生活的态度。

电视里响起深情的音乐，手拿遥控器的我被深深打动了。在女孩平静的叙述中，我想象着她的妈妈该是怎样一个不平常的女人！一个被生计所迫、过着最底层生活的、用黄瓜头儿美容的女人！

 王也丹

抗挫小语

多么平凡而又伟大的妈妈！小女孩的妈妈身处那样的困境，尚不放弃内心对美的追求，生活中还有什么可以把她击败？有时候，生活给予我们各种各样的考验，悲观的人沉沦其中，甚至用死亡把自己的人生轻易点上句号；乐观的人乐在其中，忽略伤痛，创意人生。你愿意做哪一种人呢？

（曾芸芸）

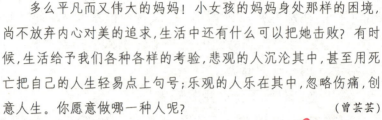

把失败写在成功的背面

> 在经历痛苦的时候，心里仍有成功的热望，不放弃对梦想的追求，就可以把败局彻底扭转！

一位从小梦想成为赛车手的年轻人在部队服役时开过卡车，退役后他到农场去开车，并在工作之余参加技能训练和比赛，为此还负债累累。

那一年，他参加了威斯康星州的赛车比赛。当赛程进行到一半多的时候，他的赛车位列第三，很有希望在这次比赛中获得好的名次。

突然，他前面那两辆赛车发生了相撞事故，他迅速地转动赛车的方向盘，试图避开它们。但终究因为车速太快未能成功。结果,他撞到车道旁的墙壁上,赛车在燃烧中停了下来。

当他被救出来时,手已经被烧焦,鼻子也不见了,体表烧伤面积达 40%。医生给他做了 7 个小时的手术之后,才使他从死神的手中挣脱出来。

经历这次事故,他的性命保住了,可他的手萎缩得像鸡爪一样。医生告诉他说:"以后,你再也不能开车了。"

然而,他并没有因此而灰心绝望。为了实现那个久远的梦想,他决心再一次为成功付出代价。他接受了一系列植皮手术,为了恢复手指的灵活性,每天他都不停地练习用手的残余部分去抓木条,有时疼得他浑身大汗淋漓,而他仍然坚持着。

他始终坚信自己的能力。在做完最后一次手术之后,他回到了农场,用开推土机的办法使自己的手掌重新磨出老茧,并继续练习赛车。

仅仅 9 个月之后,他又重返赛场了!他首先参加了一场公益性的赛车比赛,但没有获胜,因为他的车在中途意外地熄了火。不过,在随后的一次全程 200 英里的汽车比赛中,他取得了第二名。

又过了 2 个月,仍是在上次发生事故的那个赛场上,他满怀信心地驾车驶入赛场。经过一番激烈的角逐,他最终赢得了 250 英里比赛的冠军。

他,就是美国颇具传奇色彩的伟大赛车手——吉米·哈里波斯。

当吉米第一次以冠军的姿态面对热情而疯狂的观众时,他流下了激动的眼泪。一些记者纷纷将他围住,并向他出提出一个相同的问题:"你在遭受了那次沉重的打击之后,是什么力量使你重新振作起来的呢?"

吉米把一张这次比赛的宣传图片展开,正面是一辆迎着朝阳飞驰的赛车,他再打开背后,上面有一句用黑色墨水写的凝重的话:把失败写在背面,相信自己一定能成功!

❋ 矫友田

🌀抗挫小语🌀

　　把失败写在背面,用痛苦守候欢欣,吉米迎来了他赛车道上的伟大成功!可见,生命最怕的不是痛苦,而是麻木。如果一味地沉浸在悲伤中,就会错过赶路的时间;在经历痛苦的时候,心里仍有成功的热望,不放弃对梦想的追求,就可以把败局彻底扭转!

(曾芸芸)

天使的叩门声

　　请记住,天使从不说"你好",她打招呼的用语永远是——"站起来,往前走!"

　　小时候,祖母常常跟我讲起天使的故事。她说天使会来敲我们的心灵之门,送信给我们。"等天使替你打开门是没用的,"祖母说,"因为你的心灵之门只有一个门闩,它在你这边。你必须静静地聆听,当天使来叩门时,立刻拉开门闩,把门打开。"

我很喜欢这个故事，总是一次又一次地问祖母："然后天使会怎样做呢？""天使从不说'你好'，你伸出手去接过信，天使吩咐道'站起来，往前走'。然后天使就飞走了，你要做的就是马上行动起来。"

我没读过大学，但如今我已拥有一家大型公司。我成功的原因有二：第一，我每周至少读六本书，我在那些成功者的书中听到了他们的声音；第二，每当我听到天使的叩门声就马上把心灵之门打开。

然而有一天，天使的叩门声却停止了。那天，我丈夫租了一辆叉车，给家里的马运送草料，我女儿莉丽恳求爸爸在把叉车开回租车处时让她搭一会儿车。不幸的是，车在下坡时突然翻了，莉丽压在车下，左手遭到重创。

我们赶紧把莉丽送到整形医院，医生给她做了多次手术，每次都把她的左手截去一点。我心痛。莉丽不久前才开始学钢琴啊！而且因为我自己喜欢写，我一直希望莉丽能早点学会打字。

那段时间，我再也无心看书，也听不到天使来叩门。当我们把莉丽带回医院做第八次整形手术时，我的情绪低落到了极点。莉丽被推进手术室，我们回病房等待。这时，我才注意到一个不寻常的女孩背弯得很厉害，我问她："你是谁？""我叫唐妮，"她笑笑说，"我在残疾人中学上学，这次医生准备把我增高一英寸。我有小儿麻痹症，已经做过许多次手术了。"她有大将军一般的勇气与坚强。我不由得脱口而出："可你并不残疾！"

"噢，你说得对，"她看了看我，回答道，"在学校里老师告诉我说，只要我们能帮助别人，我们就不残疾，你要能见见我们那个教打字课的老师就好了。她生来就没有手也没有脚，可是她用嘴叼着一根小木棒，教会了我们所有人打字，帮了我们大家。"

"砰！"忽然间，我听到了撞击心门的巨响，是天使送信来了！

我立即跑出病房，去买了一本单手打字的指法图。

送莉丽回校上学那天，我带上了单手打字指法图，莉丽的手臂上依然缠着厚厚的绷带。我与打字老师商量是否可以教莉丽单手打字，打字老师说他以前虽然从未教过单手打字，但他愿意在午休时与莉丽共同探讨。他说："就让我和莉丽一起学习单手打字吧。"

很快，莉丽就能用打字完成英语作业了，莉丽的英语老师也是个小儿麻痹症患者，一只右臂无力地垂着。有一天，他批评莉丽："莉丽，你妈妈对你过分呵护了，你有一只好好的右手，应该自己完成英语作业。""不是这样，先生。"莉丽笑着解释，"我有 IBM 公司的单手打字指法图，我的打字速度是每分钟 50 字。"英语老师闻言惊讶地跌坐在椅子上。过了一会儿他慢慢地说："能打字一直是我的梦想。"莉丽说："午休时来找我吧，我可以教你。"

给英语教师上第一次打字课那天，莉丽回家后对我说："妈妈，唐妮说得对，我不再是一个残疾人，我正在帮助别人实现梦想。"

如今，莉丽已卓有成效，因为她自己用左手仅剩的一根手指和拇指的指根把鼠标指挥得满屏飞。

嘘——听！你听到叩门声了吗？快打开门闩，打开心灵之门！请记住，天使从不说"你好"，她打招呼的用语永远是——"站起来，往前走！"

[美]多蒂·沃特斯　思　畅/译

抗挫小语

我们每个人的心灵大门外，都随时会响起天使的叩门声，不论顺境还是逆境。挫折时，更要让自己的心积极起来，打扫掉掩盖在心灵大门上的"灰尘"，迎接天使的叩门声！（曾芸芸）

将挫折写在沙滩上

他走到一片离大海最近的沙滩，写下"挫折"两个字。一波海浪，立即淹没了他的烦恼，将沙滩冲刷得一片平坦。

有一个中年人，年轻时追求的家庭和事业毫无眉目，他觉得生活空虚，感到彷徨而无奈，而且这种状况日渐严重，不得不去看医生。

医生耐心地听完了他的倾诉说："我给你开几个处方试试吧。"

于是，医生给他开了4服药，放在药袋里。对他说："你明天上午8点钟以前独自到海边去，不要带报纸和杂志，也不要听广播。到了海边，分别在8点、11点、14点和16点，依次服用一服药，你的病就可以治愈了。"

中年人半信半疑，但第二天还是依照医生的嘱咐来到海边,走到海边时刚好是清晨,看到广阔的大海,呼吸到清新的空气,他的神情为之一畅。

8点整,他打开第一帖药,准备服用,里面没有药,只是在纸上写着两个字——"聆听"。

他依照医嘱坐了下来,聆听风的声音、海浪的声音,甚至听到了自己心跳的节拍与大自然的节奏合在了一起。他已经很多年没有如此安静地坐下来过了,因此感觉到整个身心都得到了洗礼。

到了中午,他打开第二帖药,上面写着"回忆"二字。他觉得自己好久没有注意到以往的事了,想起多年来创业的艰辛、想到父母的慈爱、兄弟朋友的友谊,生命的力量和热情又重新在他的内心燃烧起来。

下午两点,他打开第三帖药,上面写着"检讨你的动机"。他仔细地回想了这么多年来自己辛辛苦苦创业的过程,虽然整体上是失败的,但也有成功的喜悦。

到了黄昏,他打开最后一帖药,上面写着"把挫折写在沙滩上"。他走到一片离大海最近的沙滩,写下"挫折"两个字。一波海浪,立即淹没了他的烦恼,将沙滩冲刷得一片平坦。

🌹抗挫小语🌹

人生中失意在所难免,我们是否会因为鞋中有砂石就放弃走路,路上有荆棘就放弃前行,生活中有挫折就放弃人生?把"挫折"写在沙滩上,海浪会把它冲刷干净;把痛苦埋在心底里,记忆会把它慢慢收藏……

(曾芸芸)

没有眼睛照样可以飞翔

父亲对我说："我不奢望他能够成为一位短跑冠军，我只是想告诉他一个真理，没有眼睛照样可以飞翔。"

那是十多年前的事了，我在市里的一所学校求学，黄昏时分，我闲庭信步地走过一个操场，一阵阵呵斥声惊动了我的神经。

一条 50 米的跑道上，正跑着一个男孩子，他的父亲站在跑道线外，不停地怒斥着孩子。他嘴里不停地说着："注意感觉，注意脚下，告诉自己什么是一条直线。"

可男孩子始终不争气地老跑到跑道的外面，这更增加了父亲的愤怒，他不停地重复着刚才的那句话，让孩子能够规范一点。

我无奈地摇摇头，走近了那位父亲："先生，我可以说句话吗？这样是不行的，跑步怎么能凭感觉，你需要让他注目前方，而不是只看脚下的位置。"

父亲看着孩子跑远了，感激地对我说道："谢谢了，也许你说的是对的，但那些只针对健全的孩子。"

我愣了一下。"是的，也许你不知道，他看不见。"他继续说。

我瞬间感到一种冰凉的刺骨感，我不知道那位父亲在做些什么，只有八九岁左右的孩子，一个盲童，居然奢想着可以凭感觉跑出一条直线，这简直是不可操作的事实。我站在原地仔细地看着孩子的举动，他一次次地失败，却被父亲呵斥着一次次地重复着机械的无效的运动。

看我满脸疑惑的样子，那位父亲对我说："我不奢望他能够成为一位短跑冠军，我只是想告诉他一个真理，没有眼睛照样可以飞翔。"

这是我听到的最精彩的也是最温暖的一句话，虽然只是一句简单的话，却让我用了一个晚上痛哭流涕，我甚至开始审视自己以前走过的路，最后我告诉自己，像那个孩子那样，锲而不舍地追求自己的理想。

许多年已经过去了，我想那个孩子已经长大成人，他也许真的成了一位残奥会冠军，奔跑在自己人生灿烂的大道上，或许他从事的是其他行业，但无论他从事什么，我想他总会清晰地记得十多年前，父亲大声的呵斥，以及接下来的那句句叮咛，足以环绕他的一生。

相信自己，路就在脚下，没有眼睛照样可以飞翔。

❀ 古　堡

🌹抗挫小语🌹

　　我们总喜欢这样埋怨：考试没考好，埋怨老师出的题太难；作业做不出，埋怨旁边的同学太吵……文中的小男孩并没有因为自己是盲人就只顾埋怨而放弃一次又一次的奔跑！因为他知道，所有的"呵斥"和"叮咛"都是帮助他成长的呵护，因为他知道路在脚下，没有眼睛照样可以飞翔！

（曾芸芸）

20 分 钟

爸爸点点头,若有所思地说:"对,人的一生总结起来也不过就这么长时间。"

11 岁那年的一天,我和爸爸照例出门去散步,经过北区河畔殡仪馆门口的时候,爸爸突然停住脚步,问了一个莫名其妙的问题:"几点了?"我看了看表,告诉他是 10 点 25 分。然后爸爸问我看到了什么。"没什么特别值得注意的,"我回答,"一群人——大概 150 个左右,正排队进殡仪馆。"

"嗯,眼力不错。"爸爸满意地点点头,接着他提起别的话题,跟我讨论起体育新闻来。

说了快半小时,我发现他还没有离开殡仪馆的意思,就问:"我们要不要继续散步?"爸爸没有立刻回答我,却突然提出第二个奇怪的问题:"儿子,你现在能看到什么?"我向殡仪馆门口望去,刚才进去的人现在又排队出来了。

"还是没什么特别的,"我耸耸肩,"估计是追悼会刚结束,进去的人已经出来了。"

"非常准确,"他说,"你看看现在几点了。"

我说是 10 点 50 分。

爸爸点点头,若有所思地说:"对,人的一生总结起来也不过就这么长时间。"

我疑惑地抬起头，"什么时间？爸爸，我不明白您在说什么。"

"你看，儿子，追悼会上牧师会宣读悼词，也就是死者一生的总结。宣读悼词不过短短的二十来分钟，很多当时被认为是巨大的挫折或者伟大的成就，其实只是微不足道的小事，根本进不了这 20 分钟。你长大以后，无论是沮丧还是得意的时候，都要想想我这句话，你将发现眼前的道路会变得开阔许多。"

❋ [英]斯图尔特·弗兰克　王　悦/译

❦ 抗挫小语 ❦

我们也许会因为考试不及格而伤心难过；也许在遭遇一点小不幸的时候，以为自己的整个天空都已经坍塌……其实，这些当时挡在面前像大山一样的困难，在人生的漫漫长途中不过是一粒小小的砂石；最难的时光，在人生的影片中，也不过被浓缩成短短的几个镜头。所以，坚持走过吧，我们的人生其实不过"20 分钟"！

（曾芸芸）

用微笑把痛苦埋葬

德国科学家奥图和他的兄弟在研究滑翔机的时候，
生活非常艰苦，一天维持一顿饭都困难。
女房东看着这对消瘦的兄弟说："你们是怎么回事？
花钱买些没用的东西，连饭都吃不饱，像流浪汉似的！"
奥图兄弟笑着说："噢，太太！你怎么糊涂起来了，
我们是故意勒紧裤带的，
要知道，雁一肥，就飞不动了。"
其实，每个人都会遇到挫折，
但是微笑的人善于把挫折化为心灵的灯盏，
照耀前进的路，把生命的绊脚石转变为人生的垫脚石。

请你记得歌唱

在失败的时候,你仍有歌唱的勇气吗?在绝望的时候,你还会记得最爱的歌词吗?

因为一次医疗事故,他在四个月大时成了聋儿。在母亲竭尽全力的教导下,他终于理解了每个事物都有自己的名字,并慢慢地学会开口说话,普通话说得甚至比一般孩子还标准。

可是一进学校,他的助听器还是引起了其他孩子的好奇。有时,他听不清楚老师提的问题,答非所问,也会招来哄堂大笑。这一切都让他很沮丧,他恨不得把助听器摔烂,再也不去学校。

母亲安慰他,他不听,哭着问:"为什么我和别人不一样?"母亲回答,他是医生一针给打聋的。他哭得更厉害:"我恨他,我要找他报仇!"母亲难过地别过头去,"找不到了,就是找到了,你的耳朵也是这样了。"

他只能接受现实,并比其他同学更努力。小学的听写课,同学们只需记住单词,他还要记住单词的次序,老师嘴巴动一下,他就写一个,同样拿了满分。他甚至主动报名参加北京市、区中小学生朗诵比赛,第一次上台吓得双腿发抖,怕自己吐字不清晰,或者忘词。望着众多正在注视他的听众,他终于鼓足勇气开口,结果获得了一等奖。努力总有回报,他一直是学校里的学生骨干,并且日益自信起来。

可是，因为是聋儿，仍然有尽了努力也无法做到的事情，譬如音乐课的考试。那天音乐课下课时，老师说："大家都准备一下，明天考试，要唱《歌唱祖国》。"其他同学都嘻嘻哈哈的不当回事，他却犯难了。他一直不大会唱歌，难以把握节奏。回家后，他愁眉苦脸，母亲就一边弹钢琴一边教他唱。一个小时，两个小时，三个小时过去了，他的嗓子都嘶哑了，但还是跑调。节奏很对，但他完全是在"说歌"，一个字一个字无比认真地说。母亲摸摸他的头说："考试时你就这样唱吧。"他说好。母亲又严肃地叮嘱道："可能大家会笑，但是你自己不能笑，坚持把歌唱完。"

第二天音乐课考试，轮到他上台了。他舔舔发干的嘴唇，跟着节奏开始"唱"歌。第五句的话音才落，教室里的同学已经笑翻了天。他不理会，在笑声中仍然继续自己的歌唱。他就这样一丝不苟地跟着节奏把歌"唱"完。

教室里不知何时安静了下来，他突然发现，同学和老师的眼睛里都有些亮晶晶的东西。接着，他看到了同学们在使劲鼓掌。

他就是梁小昆，曾多次参加专题电视节目制作，是电影《漂亮妈妈》中"郑大"的原型。时下他正在北京电影学院攻读硕士研究生，在摄影界已经小有名气，而且前不久刚在北京"东方新天地"举办了自己的个人摄影展。

至今，梁小昆都非常喜欢唱歌，每次去卡拉 OK，必唱无疑。他并不避讳自己的跑调，但求能够唱出个性。他深信，不管歌声是否动听，歌唱，首先是一种态度，包含着努力、尊严、坚持和快乐……

在失败的时候，你仍有歌唱的勇气吗？在绝望的时候，你还会记得最爱的歌词吗？在人生路上，迷失方向、不知所措的时候，你会记得且唱且行吗？

❀ 羽 毛

　　我们每一个人的路途都朝着一个方向，因为穿着破衣裳而低垂着头走路，就不会发现路旁盛开的鲜花。正确的姿态是：始终微笑着面对前方，一路歌唱一路前行，那些路旁的花朵，也会因我们的乐观而开得更美！

（李　俊）

那些绚烂的花儿

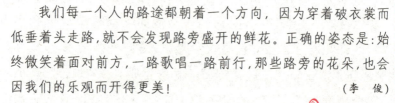

突然，她发现，原来期盼也是一件很美好很快乐的事情。

　　女孩受了伤，住进医院。她的眼睛上缠满厚厚的纱布，世界在她面前，突然变得黑暗一片。医生告诉她，一个月后，这些纱布才能拆掉。她问，我的眼睛能好起来吗？医生说当然能。不过，你必须忍受一个月的黑暗。女孩有些害怕。一个月的黑暗？她不知道自己会不会疯掉。

　　女孩只有12岁。她的父母长年漂泊在国外。父亲打电话安排妥当她的一切，可是他们不能过来陪她。他们很忙，有许多非常重要的事情要做。父亲说等你拆纱布那天，我一定回来，医生说过没事的，况且，还有无微不至的护士。

　　女孩每天躺在床上睡觉，听收音机。她所能做的，好像只有这些。那是两个人的病房，带一个很小的洗手间。每天会有人把饭菜送到她的床前，然后离开。那是父亲为她雇的钟点工，就像一个走时准确的钟表。她不必担心自己的生活问题，可是无边无际的黑暗还是让她心烦意乱。她知道自己对面的床上有一位阿姨。那阿姨常常轻哼着歌，她的声音很好听。女孩想，自己要是那位阿姨多好。好像只要能够驱走黑暗，拿什么交换，她都愿意。

有一天阿姨突然问她，你天天这么躺着，闷不闷？女孩说当然闷，我快闷死了。阿姨说我带你出去走走，女孩问去哪里走走，阿姨说就去后院吧，那里有一个花园，现在正是各种花儿开放的时候。

于是女孩和阿姨走出病房。这是女孩住院后第一次走出病房。她紧紧握住阿姨的手，好像生怕自己走丢。阿姨好像猜中了她的心思，她在前面走得很慢。终于她们来到了后院，女孩感受到了暖和的阳光、清新的空气、香甜的鲜花气息，还有在花间舞蹈的蜜蜂。阿姨牵着她的手说，你知道吗，其实现在，花儿开得并不多……因为是春末……牡丹都开了……多是大红的花瓣……像什么呢？对了，像簇拥在一起的大蝴蝶。还有蜜蜂……过几天，半个多月吧，花园里剩下的花苞应该全都开了吧！那时候，你正好可以看见它们啦。女孩轻轻地笑了。那天她很开心。她一直盼着拆掉纱布的那一天，她盼得心烦意乱。可是今天，突然，她发现，原来期盼也是一件很美好很快乐的事情。

每天阿姨都要带女孩去医院的后院看花。她给女孩描述每一朵花苞，每一棵树，每一只蝴蝶和蜜蜂。有了她的描述，女孩记住了每一朵花的样子，每一棵树的样子，甚至每一只蝴蝶和蜜蜂的样子。现在女孩没有时间烦恼了，因为她的心里有一个芳香的花园，有一片绚烂的花儿。她想，等拆掉纱布那天，一定要那位阿姨为她多拍几张照片。她会站在一簇一簇的鲜花中，阳光遍洒全身，她眯着眼，享受着阳光，笑着。那该是多美好多幸福的事啊！

拆掉纱布那天，父亲从国外赶回来，一直在旁边陪着她。的确，医生没有骗她，她真的在一个月之后，重新看到了久违的阳光。她咯咯笑着，拉父亲跑向医院的后院——在清晨，那位阿姨离开了病房。她说，她会在花园等她。

阿姨没有骗她。那儿果真有一个花园，有绿树红花，有成群的彩蝶和蜜蜂。阿姨正站在那里，对着她笑。

可是那一刻，她却愣住了。她发现了阿姨无神的眼睛！她竟然是一位盲人！她竟然看不见任何东西！

那天她们坐在长凳上，聊了很多。女孩问她的眼睛会不会好起来，她说，可能会，也可能不会。不过，只要心是明亮的，你就能拥有世界上最绚烂的花儿。

❀ 周海亮

🌹抗挫小语🌹

"只要心是明亮的，你就能拥有世界上最绚烂的花儿"，说得多好的一句话！境由心生，心灵花园里的花朵，全由我们的心情来浇灌。沮丧的心情浇出来的是颓败的落花；常怀期待的心情，即使面对挫折，苦难的花园里也能盛开最绚丽的牡丹！ （李　俊）

南美有条"会唱歌"的河

乐观能激发勇气和智慧,乐观甚至可以创造奇迹,做一条会唱歌的小河比碰了壁就退缩要好得多!

从前,一个小山村遭遇一场洪灾。洪水来势凶猛,房子大多被冲倒,庄稼被冲毁,也有人被冲走。在大雨倾盆之时,村里大多数人都及时逃离。

有两个小矮人,由于行动缓慢来不及逃离。他们背着家里的干粮,跑到一处高地上。面对淹没在水中的家园,想起失去的亲人,弟弟痛哭流涕,以后的日子该怎么办?哥哥安慰道:"放心,咱们饿不死,有这么多干粮在,总会有活下去的办法!"

一个月后,水位逐渐退去,可村庄已不复存在,弟弟又哭了,粮食不多了,家也没了,现在又该怎么办?哥哥仍在安慰他:"会有办法的。"说完,他打开一个布袋,告诉弟弟:"这是种子,咱们可以种地,在粮食长出来之前,咱们省着点干粮,不行还可以摘山上的野菜野果吃。"弟弟在哥哥的激励和带动下,一边种地,一边到山上采摘野菜。虽过得苦,但兄弟俩已不再叫苦连天。

秋天到了,地里长出了比往年都丰硕的麦穗,粮食获得了大丰收。原来,洪水虽给山村带来灾难,但也给土地带来了丰富的养料,土壤比过去变得更肥沃。两个小矮人留下一小部分粮食,其余全卖到集市。没想到他们居然过上了比任何一年都富足的生活,不但衣食无忧,还盖了更好的房子,后来还娶了妻。

真有点不可思议,一场灾难居然给两个乐观的小矮人带来了好运气。如果他们逃离,如果他们悲观,如果他们放弃……那么,结果又会怎样呢?

南美洲有一条河,由于流水受到巨大岩石的阻拦,使其难以成为真正意义上的河。但这条河并不"悲观",更没放弃作为一条河的"权利"。它把自己分解成千万股涓涓细流,沿着岩石缝隙继续向前流淌。因为岩石缝隙宽窄不同,水流冲击的快慢也不同,这条"不屈"的河竟然发出了种种奇特优美的声响。后来,这条河非但没有消失,反而被人们起了个美丽的名字——"会唱歌"的河,还成了世界著名的景点。现在,它就流淌在委内瑞拉的东部,吸引着世界各地的游客前往观赏。

面对灾难和困境,与其悲观失望,不如乐观面对。乐观能激发勇气和智慧,乐观甚至可以创造奇迹,做一条会唱歌的小河比碰了壁就退缩要好得多!

❀ 绘 丹

🌸抗挫小语🌸

面对挫折,不放弃是一种最好的姿态!小矮人兄弟在遭遇洪水后,不放弃播种,所以赢来了巨大的收获;小河在遭遇阻拦后,不放弃向前奔流,所以赢得了美丽的名字;我们在遭遇挫折后,不放弃希望,就一定会创造生命的奇迹!

(李 俊)

贫穷也是可以快乐的

> 长得不规则的萝卜切成小块儿以后味道与好萝卜一样，
> 畸形的黄瓜切成丝以后味道与好黄瓜也没有两样。

　　日本喜剧泰斗、著名作家昭广的成长故事一直是日本父母教育孩子的样本。在日本战后那段物质极度匮乏的日子里，这位老人的外婆用信念和智慧精心料理自己的生活，虽然身处困境，却依然用满腔的热情去搜索快乐和幸福，用真心去展露笑容。她不仅仅用自己勤劳的双手把生活打理得温暖而光亮，而且教会了外孙如何在困境中发现幸福和快乐，如何在挫折中保持坚强。

　　二战结束以后，因为生活的变故，年仅 8 岁的昭广被寄养在乡下的外婆家里。外婆家十分贫穷，昭广喜欢运动，外婆没有能力为他购买体育用品，就建议昭广练习跑步，因为跑步是不用花钱的。没想到昭广后来竟然成了运动会上的赛跑明星。为了维持生活，外婆在家门外的小河里横着放了一根木头，用以拦截上游漂浮过来的各种物品和穿破的衣物，还有一些不够新鲜的蔬菜，畸形的水果，树枝等，外婆说这是她家的超市。每当上游漂下来很多东西的时候，看着这些"战利品"，昭广和外婆都会为这意外的收获而欢呼雀跃。树枝晾干就可以生火，长得不规则的萝卜切成小块儿以后味道与好萝卜一样，

畸形的黄瓜切成丝以后味道与好黄瓜也没有两样。有时候什么也没有拦到，外婆会自言自语地说："今天超市休息吗？"有一件事情昭广一直很奇怪，外婆每天从外面回来的时候，腰里都系着一根长长的绳子，绳子后面拴着一块东西，每走一步就发出嘎啦嘎啦的声响。他奇怪地问外婆。为什么故意拴一个东西影响自己走路呢？外婆笑着告诉他，那是一块磁铁："光是走路什么事情也不做，多可惜，带着这块磁铁，你看，可以带回很多东西的，可以卖不少钱的。不拣起这些废弃的东西，老天是要惩罚的。"他看到外婆拿起磁铁。上面沾满了螺丝、钉子、铁条等，放进一个铁桶里——里面已经有了不少类似的东西了。

　　昭广小学时的成绩一直不好，每门功课总是考 1 分、2 分、3 分（5 分制）。每当昭广把成绩单拿回家的时候，外婆看着成绩单就会说："不错，加在一起不就是 5 分多了吗？人生就是总合力。"昭广与外婆一起生活了 8 年之久。在开朗、乐观的外婆那里，昭广从她朴素而真挚的生活故事中学会了一个人如何面对艰苦和挫折，如何微笑着面对困境。

❋ 鲁先圣

🌹抗挫小语🌹

　　看了这个小故事，你是不是羡慕昭广有这么一位和蔼可亲又可爱乐观的外婆？她的可爱和乐观，在于她在困境面前尚能平和微笑，把普通的日子过得有滋有味。其实，在我们的人生中，有些也是注定了无法更改的，比如我们的家境，我们遇到的挫折，但我们也可以像这位外婆一样，从容面对，让苦难的日子开出绚烂的花朵！

（李 俊）

微笑的桑兰

这个坚强而乐观的女孩,让灰色和失望远离她,用她的微笑征服了这个世界!

1998 年 7 月 21 日,在纽约市举办的友好运动会上,桑兰不幸脊椎严重挫伤,导致终生瘫痪,这突然发生的一切,改变了她的人生。桑兰比我们任何人都深刻体会到,从巅峰跌落谷底的人生感受。

每一个女孩都会有美丽的梦想,但桑兰的体操冠军梦破灭了。"我看见很多奖牌从天而降,但没有落在我的身上。"当桑兰平静地讲述自己的梦境时, 眼底滑过一丝淡淡的忧伤。"我是一名运动员,在我心目中,运动员的神圣职责就是要拿金牌争冠军。参加奥运会,成为一名奥运冠军是我心底最深的渴望。"而受伤之前,桑兰在中国体操队享有"跳马冠军"的美誉,是一颗冉冉升起的新星。但桑兰坦然地接受了这个现实,她努力使自己成为一名永远微笑着的"阳光女孩儿"。

现在的桑兰依然在坚持着康复训练, 虽然在技能上没有什么改善,可她始终没有懈怠过,这种绝不放弃的精神也恰恰是年轻的桑兰最吸引人的地方, 那场意外对于青春的天空正涂满着玫瑰色的少女来说,是让人绝望的,可桑兰从这场大灾难中坚强地站了起来,"外人的帮助只能是一种辅助,能够一直支持着自己的只有自己,自己的心态,自己怎么去看待遇到的每一件事,乐观的心态是支持我的源泉。"虽然桑兰说得很轻松,但这些话中的艰辛又怎是一两句话可以轻描淡写出的呢?"生活中遇到的困难太多了,我自己都记不清楚,任何一件事对我来说都是困难的。挫折远远大于成功和喜悦,那恐怕是正常人很难想象的,所以,我每天都在面对困难,都在战胜困难,虽然我不一定每次都能胜利,但我会始终积极地去面对!"

桑兰总是微笑着,坦然地面对这一切,现实生活中的她,很喜欢半杯水的比喻,她说:"我一定要好好享用自己面前的这半杯水。"她在北大苦修新闻传播专业,把它视为自己成长进步的阶梯,并表示想拿学习成绩的冠军,同时她还在"星空卫视"主持一档《桑兰2008》的体育节目,并经常参加一些社会活动,比如说做令所有华人想起来就热血沸腾、激情洋溢的申奥形象大使、残奥大使,做一名光荣的奥运圣火传递者……桑兰把这一切,都看做是自己"奥运冠军梦想"的延续。她说:"我一直坚信自己总有一天会站起来的,我会为此而努力。"

生活给了这个女孩很多磨难,对于这些,桑兰用她的微笑告诉人们:什么才是真正的坚强。这个坚强而乐观的女孩,让灰色和失望远离她,用她的微笑征服了这个世界!

🌸 抗挫小语 🌸

小草在经历严寒摧残后,尚能萌出嫩芽,它的生命因为这次痛苦释放出来的新绿,比之前任何时候都要好看;遭遇挫折时,能笑对生活,人生定能因为挫折而绽放出更耀眼的光芒。学习桑兰,就要学习她那种微笑面对苦难的态度!

(李　俊)

借你一个微笑

我耐心地等待着，他终于眼噙泪花艰难地咧开嘴笑了，尽管有些情不由衷。

李俊是个性格内向的学生，阅完的试卷一发下，我发现他眉头又锁到一起了，他只得了 58 分。

一个从来不及格的学生，自信心有多差就不用说了。

我合上教案无表情地走出了教室，李俊跟了上来，他喉头动了一下，然后眼泪就要掉下来了。我站住，等他说话。同学们也围了上来，他的脸涨得通红。我静静地站着，希望他能开口，但他的嘴唇好像紧紧锁住了似的。

他递过一张纸条：老师，我的物理太差，您能不能每天放学后为我补一个小时的课？

我可以马上答应他，但面对这样的一个学生，我决定"迂回"一下。我牵着他到僻静处说："老师答应你的要求，可这两天我太忙，你等等好不好？"他有些失望，但还是点点头。我知道他中计了，接着说："你必须先借一样东西给我！"他着急起来，可还是说不出一句话。

"你每天借给我一个微笑好不好？"

这个要求太出乎他的意料，他很困惑地看着我。我耐心地

等待着,他终于眼噙泪花艰难地咧开嘴笑了,尽管有些情不由衷。

第二天上课,我注意到李俊抬头注视我,我微笑着,但他把脸避开了,显然他还不习惯对我回应。我让全班一起朗读例题,然后再让他重读一遍。他没有感觉我为难他,大大方方地站起来读了。也许想起了昨天对我的承诺,读完后,很困难地对我笑了笑。见他这样,我心生一计,又给他设置了一道障碍。我说,你复述一下题目的要求。这回他为难得快要哭了。不少同学对他的无能表现很不耐烦,七嘴八舌地争着说起来,我制止住了大家。他终于张口了,语无伦次。我笑着让他坐下。

他开始和同学来往了,一起上厕所,回教室……这样过了好长一段时间,我都没提为他补课的事。一天下课李俊又拦住我,我知道他要干什么,很幽默地向他摊开手。他一愣,老师您要什么? 我说,你写给我的条子呀。他笑了,我不写条子了,您给我补补课吧。我面带笑容:"功课你不必着急,到时我会主动找你的,但我向你借的你还没给够我。"

"好的,我一定给足您。"等他高高兴兴又蹦又跳地走出好一段路后,我才像想起来什么似的把他叫回来,递给他一张纸条,那里有我为他准备的一道题。我告诉他,一天之内把它做出来,可以和同学讨论,也可以独立完成。我知道,他宁可"独吞",也决不会和同学讨论的。这正是性格内向学生的最大弱点。下午他说还没做出来,我有点不高兴,说晚自习你还没做好,我可要收回承诺了。自习时我见他站在一个男生边上,忸忸怩怩很不自然的样子,我得意地笑了。就这样我先后为他写了四张纸条,题目一次比一次难。后来,纸条一到手他就迫不及待地和同学们讨论开来。

期末考试李俊成绩尚可,科科及格——看来我为他补的都差不多了。新学期刚开学,李俊休学了,因为他爸遇车祸瘫瘫了，而他自小就被妈妈遗弃了——这也是他忧郁的一个原因。我有些担心，一个连话都不大愿说的少年，能担负起养护父亲的责任吗？

星期天，我和几位朋友到茶室聊天。刚坐下就被一群小孩子围上了，硬要为我们擦皮鞋。只有一个小孩没冲进来，在外面吆喝着，擦皮鞋！擦皮鞋……离开茶室，我从那个小孩子面前走过时，发现那孩子竟是李俊！

"老师，让我为您擦一次皮鞋吧。"他说，脸上没有腼腆也没有沮丧。我答应了，伸过鞋子让他擦。他一边很用心地擦着，一边说，他虽然不缠人，生意可也还不错。顾客告诉他，他的笑容很好看。

我说是吗？他又笑着告诉我，不久他还会复学的。他学会了笑，他的笑让他挣半天钱也能养活他和爸爸了。

我也高兴起来，我说我一定等你回来。可转过身，我的泪水就出来了。李俊大声地在后面喊，老师，您要笑呀，您不要哭！我点点头，反而呜咽有声了。

我终于没有给他补课，是他为我补了一堂人生课。

❀ 杨保中

🌹 抗挫小语 🌹

很羡慕李俊有一位这样的老师，教给他的不光是知识，还有面对困难与挫折的方法——那就是微笑！微笑着面对生活，生活也会回报我们笑脸。当我们看到的笑脸越多，心底的那份自信就会越来越强大。拥有强大的自信，是战胜生活中所有挫折的武器！

（李　俊）

孩子是大师

一个人只要具备善良、正直和宽容的性格，那么便没有什么困难能压倒他，宽容别人，宽容生活，就是宽容自己。

德国青年卜劳恩，又一次失业了。满大街转了一圈，也没有找到工作。情绪极度低落的卜劳恩去酒吧坐了半天，直到将身上最后一块钱换了酒喝下肚后，才拖着疲惫的身躯回家。可是，家里也不是天堂，他寄予厚望的儿子克里斯蒂安并没有给他争气，他的成绩居然比上学期还退步了。他狠狠地瞪了克里斯蒂安一眼，再也不想跟他说话，回到自己的房间呼呼大睡了。

当卜劳恩醒来的时候，已是第二天早上。他习惯性地拿起笔补写昨天的日记：5月6日，星期一。真是个倒霉的日子，工作没找到，钱花光了。更可气的是儿子又考砸了，这样的日子还有什么盼头？

卜劳恩来到儿子的房间，打算叫儿子起床，但克里斯蒂安早已经自己上学去了。就在此时，卜劳恩突然发现，儿子的日记本忘记锁进抽屉了。于是他便忍不住好奇看了起来：5月6日，星期一。这次考试不太理想，但我晚上将这个消息告诉爸爸的时候，他却没有责备我，而是深情地盯着我看了一眼，使我深受鼓舞。我决定努力学习，争取下次考好，不辜负爸爸的期望。

怎么会是这样呢，自己明明是恶狠狠地瞪了儿子一眼，怎么变成深情地盯着他看了呢？卜劳恩好奇地看起了儿子以前的日记：5月5日，星期天。山姆大叔的小提琴拉得越来越好了，我想，有机会我一定要去请教他，让他教我拉小提琴。

卜劳恩又是一惊，赶紧拿起自己的日记本来看：5月5日，星期天。这个该死的山姆，又在拉他的破小提琴！好不容易有个休息日，又要被他吵得不安生！如果再这样下去，我非报警没收了他的小提琴不可！卜劳恩跌坐在椅子上，半天无语。他不知道从什么时候起，他已变得如此悲观厌世，烦躁不安。难道自己对生活的承受力还不如一个小孩子吗？

从此，卜劳恩变得积极和开朗起来，他日记里的内容也完全变了：5月7日，星期二。今天又找了一天工作，虽然还是没哪家单位聘请我，但我从应聘的过程中学到不少东西。我想，只要总结经验，明天我一定能找到一份满意的工作。

5月8日，星期三。今天我终于找到工作了，虽然是一份钳工的工作，但我想，我一定能成为世界上最出色的钳工！

他，就是德国著名漫画巨匠埃奥·卜劳恩！卜劳恩于1903年3月18日生于德国福格兰特山区，曾经在工厂当过钳工，给报刊画过漫画，为书籍画过插图，而最广为人知的是他的连环画《父与子》。《父与子》的素材大多来源于他和儿子克里斯蒂安在一起的日子，卜劳恩所塑造的善良、正直、宽容的艺术形象，深深打动了全世界读者的心。《父与子》被誉为德国幽默的象征。

卜劳恩的经典名言是：一个人只要具备善良、正直和宽容的性格，那么便没有什么困难能压倒他，宽容别人，宽容生活，就是宽容自己。

后来有人采访卜劳恩："听说是一本日记造就了您今天的大师成就,是真的吗?"

卜劳恩说："是的,确实是因为一本日记,但需要申明的是,那个大师不是我,真正的大师是我的儿子——克里斯蒂安!"

❋ 沈岳明

🌀抗挫小语🌀

卜劳恩把儿子当做大师,从他身上学到了乐观和宽容;我们把卜劳恩当做大师,从他身上学到面对挫折的反思。在我们每个人的人生道路上,挫折与失败常常如影相随,如果让宽容和善良的阳光直射我们的心灵,挫折和失败就会无影无踪!　　　(李　俊)

你看起来不像贫困生

贫困不能成为我们冷漠麻木的理由,无论是贫穷还是富有,别人有困难我们都应"该出手时就出手"。

班上要为贫困生建档,只有我和另外两个同学交了贫困申请,但后来听说要给每个人发 1500 元国家补助金,我们班的"贫困生"大增。"天下熙熙,皆为利来;天下攘攘,皆为利往。"司马迁此言果然一针见血。

班上的贫困生名额是由班干部确定后向老师提交的,可是没有我。

为什么会这样?有些并不符合申请要求的同学竟提上去了,而我完全符合要求倒被踢出来了!我去找班长,班长很诧异地说:"你看起来不像贫困生啊……"

难道我要在我的全身贴上"贫困"的标签去向别人"证明"我的贫困吗?难道我要像祥林嫂一样见人就说我有多么贫困去博得别人冷漠的同情吗?难道我一定要一把鼻涕一把泪地告诉别人自己上大学两年多来没回过一次家吗?父亲下过矿井,在工地上当过搬运工;母亲贩卖过蔬菜水果,还干过翻新棉花被的工作……为了生存他们背井离乡,过着居无定所的生活。他们很辛勤地劳作,但家里还常常入不敷出。虽然生活穷苦,但有那么坚韧伟大的父母,我没有任何流泪或抱怨的理由。只是有一次,哥哥写信告诉了我一件事,我忍不住哭了,他说他想买考研的资料,可他确实不好意思向父母要钱,他想去医院卖血!

我真不明白班长怎么会觉得"我看起来不像贫困生"!是因为我在班上很少愁眉苦脸吗?我一直告诉自己,环境越艰苦,就越要坚强。生活不相信眼泪,我也没有任何时间和精力去难受,如果我向环境低头那只能说明我是个十足的懦夫!因此很多时候,我都是一脸灿烂的微笑,走路昂首挺胸,全身洋溢着青春与活力,给很多人的印象都是自信而乐观。我喜欢读书,喜欢和历史上的优秀人物进行心灵的对话,从而将自己的精神家园装饰得富丽堂皇。我在品味一些卓越人物的人生阅历后更加坚信:只有靠自信和勤奋,才能改变我的现状。因此我刻苦学习,英语考过了六级,每天为自己的目标认真地努力着，虽然有时有点苦，但却有充实而简单的快乐。如果平实的快乐是一笔财富的话，那我也奔上"小康"了，或许还真"看起来不像贫困生"。

如果有爱心也算是一笔财富的话，那我也不像寒家女。记得一次学校为一位做心脏手术的学生募捐，那时班干部必须要交 5 元，一位当班干部的"富婆"不太情愿地交了 5 元，虽然我是一介平民，且囊中羞涩，但我还是毫不犹豫地掏了 20 元。有人说我简直就是个"打肿脸充胖子"的"傻帽"！但我不以为然，贫困不能成为我们冷漠麻木的理由，无论是贫穷还是富有，别人有困难我们都应"该出手时就出手"——这是我那没什么文化但却朴实的父母给我的最宝贵的启蒙教育。

如果说真情是人生最大的财富，那我简直就是个"大款"了。我有历尽人间沧桑却全力支持我考研的父母；我有不断给我鼓励和信任的师友；我还有对我疼爱有加、志同道合的男友——上苍赋予了我人生最珍贵的亲情、友情、爱情，我又何"贫"之有？

班长说的其实是对的——"你看起来不像贫困生"，因为拥有一颗不屈的灵魂，我注定无法贫困一生！

❋ 张晓敏

🌹抗挫小语🌹

其实，评价"贫困"的标准不是家境，而是我们的心灵。拥有爱心，拥有真情，拥有奋斗的勇气，就是富足的心灵，这样的人无论面对什么挫折，都有勇气笑傲人生。相反，那些家境富裕却没有爱心、不知奋斗的人，才是真正的"贫者"！

(李　俊)

手捧阳光的男孩

当我们主动摊开双手迎接阳光的时候,阳光自然就会照到我们。

费城的清早,阳光斜射过所有茂密的丛林与高大的教堂。六岁的约翰身穿破旧的衣服从远处走来,黑乎乎的手里还捏着一块刚偷来的面包。

约翰在庄严的教堂门口站了站,紧捏着面包又走了。

他是个孤儿,父母在二战中身亡,留下他在孤儿院里寂寞地生活了五年。他和很多孤儿院里的孩子一样,有很多的空闲时间。而更多的空闲时间他们都没有人照料,只好学着如何去偷那些他们想要的东西。

约翰相信上帝的存在,所以每个星期日的早上无论如何他都会到教堂门口去看一看,听一会儿那些人在里面唱歌,或者朗诵《圣经》。他觉得只有在这个时刻他才是上帝的孩子,他原来离上帝是那么的近。可是他不能进去,因为他的衣服很脏,这点约翰自己也知道。

约翰默默地数着,这是他第 45 个星期日站在这个教堂门口了。他踮着脚看了看,又站了一会儿,走开了。

久而久之,牧师注意到了约翰,也从旁人的口中得知他就是那个在孤儿院里爱偷东西的小男孩。

第 46 个星期日，阳光明媚，约翰依旧用他那双黑乎乎的小手捏着一块面包来了。当他刚站定，牧师便走了出来。他当时想跑，但却被牧师和蔼的笑容给吸引住了。

牧师走到他的身边，并且清楚地看到约翰的小手在发抖。

"你叫约翰，是吗？"

约翰没有回答，只是看着牧师点了点头。

"你相信上帝吗？"牧师抚摸着约翰沾满灰尘的脑袋。

"相信，我相信！"这次约翰大声地告诉了他。

"那么你相信自己吗？"

约翰看着牧师，没有说话。

牧师接着说："从看到你第一眼的时候，我就觉得你和其他孩子不一样。因为你有一颗善良的心。"

约翰脸红了，怯生生地说道："其实，我是一个小偷。"说完便低下了头。

牧师没有说话，而是握住了约翰黑乎乎的小手。缓慢地将它打开，放在了自己布满皱纹的脸上。

"啊！"就在同一时间，约翰惊呼着要把他污黑的小手抽开。可牧师却把他的小手紧紧地抓住了，并且在阳光下摊开。

"看到了吗？约翰。"

"什么？"

"你的手里面捧着阳光。"

约翰呆呆地看着自己的双手，它们何时变得如此美丽？

"在上帝的眼中，所有的孩子都一样。当他们主动摊开双手迎接阳光的时候，阳光自然就会照到他们。而你比他们多了两样东西，一是坚强，二是善良。"牧师说完便将他领进了教堂。

这是约翰生平第一次走进这种神圣的地方，而此时他的内心已不是自卑和怯懦，而是无法泯灭的温暖。

在那个怀抱阳光的早上，约翰找回了自己。还有从来不曾有过的自信、满足、幸福、梦想……

白驹过隙，转眼二十年过去了，这个曾经用脏手紧握面包的男孩如今已经成了费城最有名的厨师，他用那双曾经黑乎乎的小手做出了许多受人喜爱的菜肴。

每个星期日的上午，他都会亲自去孤儿院送上自己烤出的面包。而那些欢呼而来的孩子们，都习惯在拿到面包之前自觉地摊开手掌。

因为他们都知道——当我们主动摊开双手迎接阳光的时候，阳光自然就会照到我们。

❀ 李兴海

🌺抗挫小语🌺

每个孩子都是人间的天使，是上天给人间最珍贵的馈赠。所以，生命中即使遇到一时的黑暗，也要相信，无论何时何地，温暖的阳光会一直照耀着我们成长！

（李 俊）

风雪路上的歌声

他的一生的确再平凡不过，可是他却从未放弃过心中的美好希望，从未因失败而改变过自己的梦想。

19 世纪，在美国有这样一个年轻人，他满心抱负，想身体力行地改变美国当前教育界的现状。于是他发奋读书，在耶鲁大学毕业后，如愿以偿地成了一名教师。他的课讲得生动无比，从不苛刻地对待学生，而是以精神力量去感化他们。而就是因为这一点，却为教育部门所不容，于是他满怀遗憾地离开了教师的岗位。

他并没有因此而消沉，转而去学法律，终于成了一名律师。而他的做法与当时的律师们格格不入，他不愿去为那些有钱人打官司，更不愿让真正的违法者逍遥法外。于是他常去帮一些穷苦的人辩护，并不收取他们的费用。如此没过多久，他又被踢出了律师的队伍。

此后他经过商，可是他的善良与宽容让他很快地一败涂地。最后他当了一名牧师，企图在精神上把人们引向生命的正途。可是他因为支持禁酒和反对奴隶制而得罪了许多人，最终还是被迫辞职。而此时，他已是一位白发苍苍的老者了。尽管他一直以一颗忧国忧民之心兢兢业业地做着努力，可是现实却像一柄巨大的铁锤，无情地把他的梦想一个个敲碎。

那是一个圣诞的前夜，天上飘着大雪，他孤独地站在路边，看着邻居的孩子们乘着雪橇（qiāo）奔驰而过，不禁感慨万千，连身上积了厚厚的一层雪都没有察觉。当孩子们玩够了回来，看见他的样子，便说："老爷爷，你现在可真像圣诞老人，不知您给我们准备了什么礼物呢？"他霍然惊醒，面对孩子们通红的脸，心中忽然有一股情愫（sù）在涌动。于是他忙跑回屋里，飞快地写了一首歌，然后教给那些孩子。孩子们在欢快的歌声中乘着雪橇消失在风雪之中。

后来，活了81岁的他终于去世了。纵观他的一生，失败一个接着一个，并没有什么惊人的事迹，也没有任何大的贡献，可是他的名字却已为全世界的人熟知，就因为在那个风雪弥漫的圣诞前夜，他为孩子们写下的那首歌："冲破大风雪，我们坐在雪橇上，快奔驰过田野，我们欢笑又歌唱，马儿铃声响叮当，令人心情多欢畅……"这首歌被世界广为传唱，已成为圣诞中不可缺少的旋律。

是的，就是那首《铃儿响叮当》，他的名字叫皮尔彭特。人们因为这首歌而记住了他，也因为这首歌而了解了他。他的一生的确再平凡不过，可是他却从未放弃过心中的美好希望，从未因失败而改变过自己的梦想。也正是因为如此，他的心中才能飞出如此优美的歌，穿越漫漫时空，依然濯（zhuó）洗着我们的灵魂，震撼着我们的心。

让这铃声永远响在充满风雪的人生旅途上，让那张沧桑的笑脸永远温暖我们的心，好使我们能有一颗乐观向上的心，去面对人生更大的风雪！

✿ 包利民

皮尔彭特经历了那么多的失败，仍用生命的热情谱写了一首关于温暖的礼赞，让更多的人有勇气去迎接风雪后的彩虹！我们的人生路上，也许同样面临着断崖与大河，封堵了一个又一个的路口，但请相信，只要不放弃希望，执著地去寻找，你就能听到风雪路上的歌声。

（李　俊）

乐观的价值

拉里·穆尔乐呵呵地说："我捕鱼不全是为了赚钱，而是为了享受捕鱼的过程，你难道没有觉得被晚霞渲染过的河水比平时更加美丽吗？"

英特尔公司的总裁安迪·葛鲁夫曾是美国《时代》周刊的风云人物。在上个世纪 70 年代，他创造了半导体产业的神话，很多人只知道他是美国巨富，却不知道，他的人生也有鲜为人知的苦难经历。

由于家境贫寒，安迪·葛鲁夫从小便吃尽了缺衣少食和受人藐视的苦头，他发誓要出人头地，他比同龄人显得成熟而老练。在上学期间便表现出了他的商业天才，他会在市场上买来各种半导体零件，经过组装后低价卖给同学，他只从中赚取手续费。由于他组装的半导体比原装的便宜很多，而质量却不相上下，所以在学校里很走俏。他的学习成绩也异常优秀，他的好学与经商的聪明才智，得到了老师的表扬。可是谁也想不到，他竟是个极度悲观的人，也许是受贫困的家境影响，凡事他都爱走极端，这在他以后的经商之路上淋漓尽致地表现了出来。

那是安迪·葛鲁夫第三次破产后的一个黄昏，他一个人漫步在家乡的河边，他从早早去世的父母，想到了自己辛苦创下的基业一次次的破产，内心充满了阴云。悲痛不已的他在号啕大哭一番后，正望着滔滔的河水发呆，他想如果他就这样跳下去的话，很快就会得到解脱，世间的一切烦愁都与他无关了。突然，对岸走来一位憨头憨脑的青年，他背着一个鱼篓，哼着歌从桥上走了过来，他就是拉里·穆尔。安迪·葛鲁夫被拉里·穆尔的情绪感染，便问他："先生，你今天捕了很多鱼吗？"拉里·穆尔回答："没有啊，我今天一条鱼都没捕到。"拉里·穆尔边说边将鱼篓放了下来，果然空空如也。安迪·葛鲁夫不解地问："你既然一无所获，那为什么还这么高兴呢？"拉里·穆尔乐呵呵地说："我捕鱼不全是为了赚钱，而是为了享受捕鱼的过程，你难道没有觉得被晚霞渲染过的河水比平时更加美丽吗？"一句话让安迪·葛鲁夫豁然开朗，于是，这个对生意一窍不通的渔夫拉里·穆尔，在安迪·葛鲁夫的再三央求下，成了英特尔公司总裁安迪·葛鲁夫的贴身助理。

很快，英特尔公司奇迹般地再次崛起，安迪·葛鲁夫也成了美国巨富。在创业的数年间，公司的股东和技术精英不止一次地向总裁安迪·葛鲁夫提出质疑，那个没有半点半导体知识、毫无经商才能的拉里·穆尔，真的值得如此重用吗？

每当听到这样的问题，安迪·葛鲁夫总是冷静地说："是的,他确实什么都不懂,而我也不缺少智慧和经商的才能,更不缺少技术,我缺少的只是他面对苦难的豁达心胸和面对人生的乐观态度,而他的这种豁达心胸和乐观态度,总能让我受到感染而不至于做出错误的决策。"

❋ 沈岳明

🌸 抗挫小语 🌸

"我缺少的是他面对苦难的豁达心胸和面对人生的乐观态度!"说得多好的一句话!挫折其实并不可怕。悲观的人面对挫折,深陷其中难以自拔,人生往往轻易地画上了句点;但乐观的人面对挫折,轻轻地把它像灰尘一样抹掉,人生就还原了本来的清澈。

(李 俊)

胜利的手势

> 我平静地把右手伸到鲍勃的面前,温和地说:"你愿意跟我握一下手吗?"

收到鲍勃照片的时候,我很难把相片上这个搂着州年度最佳射手奖杯、一脸阳光的年轻人,同 12 年前那个瘦弱畏缩的男孩子联系起来。但是,他高高举起的右手是划破我记忆的闪电,那是一个孩子对生命的坚强诠释。

12年前,我受蒙特利歌学校邀请,担任该校足球队春季集训的教练。第一次和队员们见面是在一个阳光明媚的下午,10多个男孩子穿着整洁的球服坐在草地上听我讲话。从孩子们清澈的眼睛里可以看出,他们是崇拜我的。训话结束后,我对孩子们说:"现在轮到我认识你们了。大家站成一排,在我和你们握手的时候告诉我你们的名字。"

我从一个个孩子面前走过,夸奖着那些自信地喊出自己名字的孩子,最后走到队尾那个瘦小的男孩面前。他很紧张地看着我,小声说:"我叫鲍勃。"然后,他缓缓地把左手伸到我面前。

"哦,这可不行,"我说,"你应该知道用哪只手握手吧?而且你的声音还可以再大一点。怎么样,小家伙,我们再来一次?"鲍勃低下头一声不吭地站在那里。这时,他身旁的狄恩说:"教练,鲍勃的右手生来只有两根手指。"鲍勃猛地抬起眼睛看着我:"我能踢得很好的。做候补我也愿意。"

我平静地把右手伸到鲍勃的面前,温和地说:"你愿意跟我握一下手吗?"

鲍勃迟疑地将他残缺不全的手放到我的手心里。

我双手握住他微微颤抖的小手:"鲍勃,你记住,没有必要遮掩什么。恰恰相反,你有一双幸运的手。上帝如此安排,为的是能让你比别人更快地打出'胜利'的手势(用手指打出英文单词'Victory'的第一个字母'V')。"

鲍勃苍白的脸上渐渐浮起灿烂的笑容。

集训结束的时候有一场和邻校的汇报比赛。最后一次训练结束后,孩子们举着手争先恐后地拥到我面前,希望自己能首发出场。鲍勃的左手几乎要举到我眼前。我装作没有看见。

剩下最后一个名额时，我沉默地看着鲍勃。鲍勃涨红的脸上突然有了凝重的神情。他坚定地举起右手，微微张开两指："教练，请给我一次机会。"

我记得那回鲍勃进了两个球。

伤痕往往是上帝的亲吻，如果你能够正视。

❋ [美]洛瑞·摩尔　王流丽/译

🌀抗挫小语🌀

朋友们，你的伤痕，是上帝留下的吻痕，他往往是为了在人群中更容易找到你。只要你快乐地表现自己，不惧挫折，终有一天成功会用温暖的手轻轻地触碰你！

（李　俊）

最好的热身

感谢羞辱过你的人，因为，正是他们用粗糙的话语磨就了你进取的利剑！

他是一个黑人男孩，出生于一个贫寒的单亲家庭。父亲早年离他而去，只留下他与母亲相依为命。母亲是个只会打零工的女人，每个月只能拿到不足 30 美元的工钱。但是，尽管这样,母亲还是把他送到了学校。

由于贫穷,他几乎是整个学校救济的对象。但是,他没有让人看笑话,经过艰苦卓绝的努力,他的成绩一直在班级名列前茅。

尽管成绩这么好,但他丝毫没有骄傲的意思。因为,他深深地领悟到,如果没有同学们的接济,无论如何他也取得不了现在的好成绩。所以,他除了用心学习以外,还力图让自己变得富有爱心。

一天,班主任老师发动同学们为"社区基金"捐钱。他听到这个消息后,助人的温暖也悄然在他的心中萌芽。善良的他平常都是接受同学们的帮助,当下,有了这样一个机会,他是多么希望自己也能向别人伸一下援手啊!于是,他默默付诸了行动……

几天后,也就是班级同学正式募捐的日子,小男孩手里攥着自己捡垃圾挣来的三块钱,激动地等待着老师叫他的名字,他想,这样他便可以自豪地走向讲台捐出自己挣来的血汗钱了。想到这里,他的脸上溢满了幸福的光辉。但是,奇怪的是,全班同学的名字都被老师喊遍了,唯独没有他。他大为不解,于是便向老师问个究竟。

他原本以为老师会惭愧地说,对不起,我把你给忘记了!不料,老师却厉声说道:"我们这次募捐正是为了帮助像你这样的穷人,这位同学,如果你爸爸出得起你五块钱的课外活动费,你就不用领救济了……"

话虽不多,却深深刺痛了他的心。那天,男孩眼含着泪水冲出了学校。从此以后,他再也没有踏进这所学校半步!

许多人传言,男孩从此便失学了,因为,原本那所学校是当地最便宜的一所,其余的学校他肯定付不起学费;还有人说，男孩从此搬了家……不管怎么说，从此以后，同学们再也没有见过他。

流年似水，转眼之间，20年光阴一晃而过。直到突然有一天，男孩以及他的名字出现在了美国最知名的电视台上，人们才恍然大悟，原本的黑人男孩如今已经成为美国最著名的节目主持人。

他的名字叫狄克·格里戈。

谈及他的成功，大多数媒体都断定是贫穷激励了他，他却说"不全是"，还有20年前那场心灵的挫折——那场来自老师的羞辱。

有人问他："你还和那个老师有来往吗？"他却爽朗地回答："为什么会没有来往，我当上主持人的第一天，就买了一大束鲜花亲自送给了他，我要用这束鲜花来告诉大家，感谢羞辱过你的人，因为，正是他们用粗糙的话语磨就了你进取的利剑！"

狄克·格里戈用自己的亲身经历告诉了我们这样一个道理——永远不要让羞辱的冷水激怒了自己，而是要把它看成是一种心灵的洗礼，因为，经由这盆冷水的冲刷，梦将会更明朗，信念将会更笃定！

如果说羞辱是一盆冷水，那么，当它泼来后，成功已开始了热身！

李丹崖

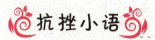

抗挫小语

贝壳如果没有含着小沙砾，就孕育不出夺目的珍珠；小河如果因为沿途碰到了阻碍而放弃，就见不到浩瀚的大海；太阳如果等待不了黎明前的黑暗，就没有普照大地的阳光！感谢挫折，它激励我们成长，让我们的人生充满希望、成功和幸福！　　(李　俊)